Kadir Dumlu • Zwischen Himmel und Hölle

Kadir Dumlu

Zwischen Himmel und Hölle

Die Rettung

p u b l i c b o o k m e d i a v e r l a g

FRANKFURT A/M ✱ MÜNCHEN ✱ LONDON ✱ NEW YORK

Das Programm des Verlages widmet sich
– in Erinnerung an die
Zusammenarbeit Heinrich Heines
und Annette von Droste-Hülshoffs
mit der Herausgeberin Elise von Hohenhausen –
der Literatur neuer Autoren.
Das Lektorat nimmt daher Manuskripte an,
um deren Einsendung das gebildete Publikum
gebeten wird.

Ein Unternehmen der Holding
FRANKFURTER VERLAGSGRUPPE
AKTIENGESELLSCHAFT AUGUST VON GOETHE
In der Straße des Goethehauses/Großer Hirschgraben 15
D-60311 Frankfurt a/M
Tel. 069-40-894-0 ✱ Fax 069-40-894-194
E-Mail: lektorat@publicbookmedia.de

Medien- und Buchverlage
DR. VON HÄNSEL-HOHENHAUSEN
seit 1987

Websites der Verlagshäuser der Frankfurter Verlagsgruppe:

www.frankfurter-verlagsgruppe.de
www.frankfurter-literaturverlag.de
www.frankfurter-taschenbuchverlag.de
www.publicbookmedia.de
www.august-goethe-literaturverlag.de
www.fouque-literaturverlag.de
www.weimarer-schiller-presse.de
www.deutsche-hochschulschriften.de
www.deutsche-bibliothek-der-wissenschaften.de
www.haensel-hohenhausen.de

Bibliografische Information der Deutschen Nationalbibliothek
Die Deutsche Nationalbibliothek verzeichnet diese Publikation in der Deutschen
Nationalbibliografie; detaillierte bibliografische Daten sind im Internet
über http://dnb.d-nb.de abrufbar.

ISBN 978-3-86369-099-1

Gedruckt auf säurefreiem, alterungsbeständigem Papier,
hergestellt aus chlorfrei gebleichtem Zellstoff (TcF-Norm)

Printed in Germany

Kadir Dumlu,

hat dieses Buch geschrieben, um seine Zukunft zu fördern und Sarrazin zu zeigen, das was er schafft, schaffen auch andere Ausländer, eben nur früher. Was Sarrazin erst im späten Alter tat, tat Kadir Dumlu schon mit 13 Jahren. Kadir war gut in der Schule und spielte Schach in einem Verein. Ein Kompetenz-Check zeigte, dass Kadir sehr aufnahmefähig sei. 2012 erschien sein erstes Buch „Zwischen Himmel und Hölle. Die Rettung“. Hoffentlich schreibt er weitere Bücher, die durch Hilfe veröffentlicht werden.

1. Kapitel

Es war mal ein Junge namens Max Kröder. Max war 13 und sein bester Freund war Jan, ebenfalls 13 Jahre. Max war 1,60 m, groß, blond und gute blaue Augen. Er war durchschnittlich in der Schule, doch jeder mobbte ihn und Keiner der Schüler die er kannte, außer Jan, mochte ihn. Er hatte auch keine Talente. Dachte er. Er aß am liebsten den Kirschkuchen seiner Mutter. Jan war ebenfalls 1,60 m. Er war schwarzhaarig und er hatte braune Augen, die von einer extrem coolen Nike-Brille umrandet wurden. In der Schule war jedoch gut, doch mit der Freundschaft mit Anderen hatte er das gleiche Problem. Jan spielte Klavier, Geige und Gitarre, doch manchmal stieg ihm das alles in den Kopf, weil immer so viel von ihm erwartet wird. Wenn etwas nicht sehr gut wird, dann werden alle traurig. Er ist also gezwungen dauernd zu lernen, deswegen hat er kaum Freizeit. Das kleine Stück Freiheit am Wochenende verbrachte er mit Max, bei dem er oft schlafen durfte. Max durfte auch oft bei Jan bleiben. Jan aß ebenfalls am liebsten den Kuchen von der Mutter von Max. Als die beiden eines Tages in der alten Stadt waren, verspürten sie großen Hunger und wollten sich etwas zum Essen mit 10 Euro kaufen. Aber das Geld hatte Max von seiner Mutter mitgegeben bekommen, damit er Zutaten für seinen Lieblingskuchen kauft, die seine Mutter zum backen benötigte. Also kauften sie doch nichts und hungerten für die Ehre des Kuchens, der so gut schmeckt. Max und Jan warteten in der Schlange im Lebensmittel-Laden. Doch ohne es vorher gesehen zu haben, drängelte sich ein Mann mit roter Bekleidung von hinten nach vorne, dabei stieß er Max und viele andere Leute an. Dieser sagte nichts, obwohl er wütend war. Die anderen Leute brüllten herum, doch der Verkäufer sagte nichts und sorgte sich sogar zuerst um den Mann in roter Bekleidung. Er wartete mit Jan bis der Mann weg war. Als danach Max dem Kassierer nach dem Einkauf das Geld geben wollte, während Jan die Zutaten in einen

Jute-Sack von ihm packte, wühlte er in seiner Hosentasche, fand aber nichts. „Der Mann in rot, hat unser Geld geklaut.", schrie Max mit Wut und Eile in seiner Stimme. „Wat? Ich meine was? ", fragte Jan. Beide rannten aus dem Laden, ließen die Sachen dort und suchten den Dieb. Sie sahen ihn gerade noch in eine Gasse abbiegen. Sie folgten ihm sofort bis zu einem Bahnhof in einer dunklen Straße, nach einer weiteren Kreuzung. Dort drehte sich der Mann um, griff nach dem geschockten Max und wollte ihn schlagen. Sofort rutschte Jan zwischen die Beine des Mannes und zog sie mit. Der Mann fiel dadurch um, stand aber direkt wieder auf und sprang in den nächsten stehenden Zug. Sie folgten ihm in den Schnellzug, nachdem Max sich aufgerappelt hatte. Jetzt gab es ein Problem. Sie hatten keine Fahrkarten für den Zug. Leider mussten sie nach Fahrtkarten im Zug suchen oder schlimmer, sie könnten rausgeschmissen werden. Max fand eine unbeschädigte Fahrkarte die gültig war in einer Zigarrenabdrückklappe. Jan nahm sich schnell eine von einem Mann, der sich mit einem coolen Laptop beschäftigte, doch zum Glück merkte der beschäftigte Mann nichts.

Auf der Anzeigentafel der Haltestellen stand als nächster Halt „Hölle", aber Max und Jan dachten an eine Höhle, die diesen komischen Namen hat oder ein berühmte die sie nicht kannten. Ihnen war langweilig, aber sie hatten keine andere Wahl. Sie hatten sich vor Furcht hinter Sitzen und unter den Sitzen versteckt, obwohl sie die Tickets hatten, aber sie hatten Angst vor dem Mann mit dem Laptop. Sie schliefen jedoch während der Fahrt ein. Sie merkten nicht dass der Zug immer schneller wurde. Erst 100 km/h, dann 200, dann 300 usw. Die Fahrt dauerte ca. 3h.

„Der Zug steht", sagte Jan, der bereits wach war, zu Max, und ihn durch diese Worte weckte. „Was?", fragte Max erstaunt. „Der Zug steht. Du hast verstanden. Hallo", antwortete Jan. Max stand auf, sie stiegen aus und sahen sich um. Sie merkten dass, die Umgebung nicht normal war. „Was ist hier passiert“, dachte Jan. „Das ist die Hölle. Ich dachte im Zug bei der Anzeige als erstes, die meinen irgendeine Höhle, aber jetzt weiß ich, die meinten die Hölle.“, fuhr er fort. Da kam der „rote Mann“ aus dem Zug und verwandelte sich nach jedem Schritt. Er bekam Hörner und ein rotes Zepter erschien in seiner Hand. Er war auf einmal vollkommen feuerrot. „Das ist der Teufel. Das ist klar. Jetzt verstehe ich, wieso der Mann rot trägt, was ihm aber so was von nicht passt.“, erklärte Jan. Der so gesehene Teufel lachte und verschwand direkt. „Wir sind in der Hölle. Das ist nicht mehr normal. Wie sollte dies auch sein. Wieso sind hier keine Menschen?“, wiederholte Max. „In ein paar Religionen wird behauptet das erst am Jüngsten Gericht entschieden wird, ob man in die Hölle oder ins Paradies kommt. Anscheinend ist das wahr.“, antwortete Jan auf Max‘ Frage. Aber danach gab es keine große Pause, denn danach erschien eine Art fetter Sumo-Ringer. Max hatte einen Plan und erklärte ihn schnell an. Nach der Planerklärung grätschte Jan schnell durch die großen Beine des Ringers und schlug den Fettsack von hinten. Der brauchte ziemlich lange um sich umzudrehen. Als der Fettsack sich endlich umgedreht hatte, kam schon Max von der anderen Seite und schlug den Fettsack. Dieser merkte nicht den Plan ihn dauernd von dem anderen abzulenken und drehte sich wieder auf die andere Seite. Dies wiederholte sich ein paar Mal, bis der Dicke nach einer kurzen Zeit kippte. Der Dicke verschwand dann plötzlich.

„War irgendwie zu einfach“, grübelte Jan. Da erschien an der Stelle des Fetten ein goldenes Medaillon mit einer Kerbung mit der Form eines Schlüssels. Sie folgten einfach weiter ihrem Instinkt, da sahen sie aus der Ferne einen Stein. Sie liefen hin. ES war ein Stein mit einer Textgravur. Jan las vor: „Was hat acht Arme, ist klein und spinnt“. „Ist doch klar. Eine Spinne.“, stieß Max das Ergebnis hervor.„Richtig.“, sagte eine Stimme aus dem Nichts. Als erstes verschwand der große Stein und dann erschien für die Freunde das nächste Problem. Es war ein dünner Mann mit 8 Armen. „Wenn ihr hier seid, bedeutet das, dass ihr meinen viel schwächeren Bruder besiegt habt. Viel hat euch das nicht gebracht, denn hier und jetzt werdet ihr verlieren, aber falls ihr doch gewinnt, dann müsst ihr noch meine andern 5 Brüder besiegen“, gab der dünne Mann mit seiner kleinen Menge an Stärke an. Max und Jan heckten schnell einen Plan aus. Er war so ähnlich wie der Plan vorher. Jan lenkte den 8-armigen Mann mit Blicken in die Luft ab, indem er zu ihm hoch sprang und so tat als greife er ihn direkt und der Mann sah wirklich nach oben und merkte nicht, dass Max angerast kam. Max grätschte wie beim letzten Mal durch dessen Beine und zog sie weg. Der von ihnen so genannte 8-armige Mann fiel um. Jan und Max brauchten nur noch von Hinten drauf zuhauen. Nach einer sehr kurzen Zeit verschwand diese Person ebenfalls. Nur diesmal blieb ein goldener Schlüssel zurück. „Passt dieser Schlüssel in das Medaillon?“, fragte Max Jan. „Sieht so aus.“, antwortete Jan und holte das Medaillon unter seiner Kleidung hervor. Der Schlüssel passte genau. Das Medaillon und der Schlüssel verschwanden auch und ein Labyrinth das am Horizont erschien. „Was ist das“, fragte Jan. „Das ist ein Labyrinth wie aus den Filmen.“, antwortete Max. „Ist ja echt krass.“, meinte Jan. Max gab ihm Recht: „Da hast du so was von Recht, das glaubst du kaum. Ich hab grade was ziemlich sinnloses gesagt. Ignorier es einfach.“ Mit dem Labyrinth erschien auch eine Tasche. Neben der Tasche war ein Blatt Papier. Darauf stand: „Die werdet ihr brauchen, denn der Weg wird lang und es werden Belohnungen auf euch warten.“ Max und Jan ließen den Zettel hinter sich fallen, nach dem sie ihn gelesen hatten und die blau rote Tasche zu sich genommen haben.

Die Freunde traten an den Anfang des Labyrinths und lasen neben dem Eingang den Hinweis: „Ihr müsst euch gut überlegen, ob ihr hineingeht, denn seid ihr einmal drin, dann kommt ihr da nicht so schnell wieder raus.“ Sie gingen trotz der Warnung hinein und als sie drin waren, verschloss eine Mauer den Eingang und also auch den bisherigen einzigen Ausgang, aber den Freunden war es egal. Sie gingen mutig den breiten Pfad entlang bis sich der Weg nach einer Weile in 3 andere Wege teilte. Auch hier stand neben jedem Eingang etwas geschrieben. 1. Eingang: „Hier findet ihr Gold und mehr Reichtümer." 2. Eingang: „Nehmt ihr diesen Weg, dann kommt ihr weiter. Dies ist keine Lüge." 3. Eingang: „Neben mir stehen nur Lügen. Ich bin der einzig richtige Weg." Max schlug den 3. Weg vor, aber dann einigten sie sich auf den Zweiten. Sie folgten dann auch diesem Weg. Dieser teilte sich nach einiger Zeit ebenfalls, aber diesmal wurden nur 2. Wege zur Verfügung gestellt. Neben dem einem Weg war nichts zusehen und bei dem anderem Weg stand: „Wählt den richtigen Weg durch euren Instinkt." Beide Freunde dachten direkt, den schriftlosen Weg zu nehmen, und hatten die Vermutung dass der Teufel einen Hinweis weggewischt hatte und nach kurzem zögern taten sie das auch. Ziemlich schnell erschien schon die erste Belohnung. Auf dem Boden lag nämlich ein Schwert. Max nahm es direkt an sich, bevor es Jan nehmen konnte und steckte das Schwert mit der Scheide in seinen Gürtel. Dann gingen sie weiter, aber Max war es zu langweilig und er jammerte: „Wo ist der Ausgang. Ich möchte sofort mein neues Schwert ausprobieren. Da kriegt man endlich ein cooles Schwert, kann aber es nicht mal ausprobieren." Sogleich erfüllte sich der Wunsch von Max und eine Riesen-Monsterspinne erschien aus einer dunklen Ecke des Labyrinthes, die für sie zu dunkel war um etwas zu erkennen. „Du hast das Schwert, du hast die Aufgabe. Erledige aber schnell. Ich hab kein Bock solange ohne Aufgabe oder Kampffähigkeit zu warten.", flüsterte Jan Max zu. Ohne mit der Wimper zu zucken stürzte Max sich auf die Spinne. Er kämpfte mit seinem Schwert gut und die Spinne mit ihren 8 Beinen war aber dennoch besser. Max gewann mit Ach und Krach. Die Spinne verschwand und sie hinterließ eine Pille und einen Knochen mit einer Information eingraviert. Auf dem Knochen stand: „Wer diese Pille isst, erhält die Fähigkeit die Erde zu bändigen." „Ich krieg die Pille! Du hast das Schwert. Sonst wäre ich nichts Wert.

Dann muss ich immer warten währen du deinen Spaß hast und ein Monster killst", sagte Jan. Max antwortete einfach: „OK." Nun konnten beide kämpfen und keiner musste mehr bei einem Kampf warten oder zusehen. Die Freunde gingen einfach weiter und weiter und weiter . . . bis ein Mann aus Feuer (Merkt euch den für später), mitten auf dem Weg aus dem Nichts erschien und sie angriff. „Das musst du machen, weil mein Schwert Feuer nicht durchschneiden kann", sagte Max Jan. Jan stöhnte.

In diesem Kampf testete Jan seine Kräfte mehr als er kämpfte. Der Feuermann schaffte es nicht, weil Jan einfach gegen die Feuerangriffe eine Wand aus der Erde hervorhebte. Jan konnte Erdbrocken werfen oder Felsen aus dem Boden heraus starren und weitere Dinge. Jan verzögerte den Kampf lange, aber er gewann, das war die Hauptsache. Er hatte irgendwie gemerkt dass sein Gegner sich zurück hielt und überhaupt nicht kämpfen wollte, als ob er gegen sich selbst kämpft. Als der Flammenmann auch verschwand, teilte sich der Weg wieder. Eins war ein Eingang, denn neben ihm stand: „Training für Schwerter und Elementarkräfte".

Jetzt stand den 2 Freunden eine Entscheidung bevor. Entweder gingen sie den neuen Weg, hofften dass dies keine Falle war und sie trainieren könnten oder sie gingen einfach weiter den anderen Weg, so schwach wie sie waren. Eigentlich wollten sie schneller weiterkommen, aber sie wollten auch besser kämpfen können, also folgten sie doch dem neuen Weg. Am Ende des neuen Weges war ein großes Haus. Das Haus sah alt aus und hatte Holzwände. Diese waren anscheinend sehr morsch. Das Haus würde nicht mehr lange halten. Das Dach hingegen war in Top-Form im tiefen rot. Sie gingen durch eine Tür rein, deren Halterungen verrostet waren und die Tür laut quietschte. Das innere des Hauses war fast vollkommen frei. Es gab in 3 Ecken verschieden farbige Figuren. In der 4. Ecke war eine Tür die anscheinend der Durchgang zu Küche und Schlafzimmer war. Sonst würde jeder Trainer und Kämpfer hier verhungern oder zu sehr ermüden um dauerhaft zu kämpfen.

Niemand war da, deswegen schrie Max ungeduldig: „Hallo. Ist jemand da wir wollen hier trainieren und stärker werden.“ Als er keine Antwort bekam sagte er wieder: „Hallo“. Seine Stimme schalte durch die Wände wieder zu ihm. „Wenn das so ist dann musst du lernen wie man leise ist.“, sagte eine Stimme aus dem Nichts. Dann trat ein Mann aus einer dunklen Ecke, hinter den Figuren, des Hauses hervor. Er war mindestens 50 Jahre alt und seine Haare waren vollkommen grau. Er war ca.1, 60 m groß. Dieser kam näher und nahm sofort das Schwert von Max in die Hand und betrachtete es, Max aber wehrte sich nicht, und der alte Mann erläuterte ihm: „Das Schwert ist mit Engelshand angefertigt. Es beinhaltet Feuer, aber es ist alt und in einer sehr niedrigen Kampfstufe.“ „Was ist eine Kampfstufe?“, fragte Max. Der Mann erklärte: „Eine Kampfstufe ist die Stufe einer Waffe, die angibt wie gut die Waffe ist und wie gut man damit kämpfen kann. In diesem Falle Stufe eins, aber wenn du es schaffst eine Feuerklinge zu erstellen, dann ist diese Stufe 3. Durch kämpfen und sammeln von Erfahrung steigt das Level des Schwertes.“ „Dann lass uns anfangen zu trainieren“, forderten die Neulinge. „Wartet. Erst eure Namen und was ihr könnt? Brauche die Informationen um euer Training für den Richtigen auf zubauen.“, fragte der Mann und sah zu Jan. Der antwortete: „Ich kann Erde bändigen und ich heiße Jan. Und das ist Max.“ „Dann kannst du bald auch Metall bändigen und mehr Combos hinkriegen. - Max! Du wirst schon sehen was passieren wird.“, sagte der Mann. Als erstes mussten Jan und Max gegen fest stehende Riesenholzfiguren kämpfen, die gar nichts besonders an sich hatten.
Die Freunde brauchten nicht all zu lange um gegen die sich wehrenden und kämpfenden aber fest stehenden Holzfiguren zu kämpfen.

Doch der Mann sagte sie sollten es noch mal mit aller Kraft versuchen und danach wurde eine Pause gemacht und gegessen. Dann war es schon dunkel. Der Alte sagte, sie sollten sich lieber ausruhen, statt zu kämpfen. Nachts kämpfen ist nicht gut. Am nächstem Tag wurden die Freunde um 4 Uhr morgens geweckt, um gegen die kämpfenden Figuren, die angreifen, sich wehren, ausweichen und herumlaufenden, zu kämpfen. Das dauerte etwas länger, aber sie schafften es und gingen zu den sich wieder zusammensetzenden Holzfiguren über. Das war ziemlich schwer für die Helden, weil es überhaupt nichts nützte, sie auseinander zunehmen. Sie bauten sich dann wieder mit anderen zusammen und wurden gleichzeitig stärker. „Max! Konzentriere dich auf dein Schwert, nicht auf den Kampf. Erlaube deinem Schwert, sich zu verwandeln. Dann hat es eine Flammenklinge und verbrennt alles. Konzentriere dich. Das solltest du doch selber mal herausfinden. Man, muss ich euch alles sagen oder könntet ihr euch auch Mal anstrengen und irgendetwas selber rausfinden. Nur weil ihr hier trainiert, heißt es nicht, das das denken abgeschaltet werden muss.“, riet ihm der weise Mann. Das tat Max sofort. Die Figuren kamen langsam auf ihn zu um ihn zu eliminieren, aber zu spät. Max war schon eins mit seinem Schwert geworden. Und was geschah wohl? Seine Schwertklinge wurde zu Feuer und er verbrannte alle Figuren mit nur einer Drehung, die alle sofort traf. Bei Jan lief es anders ab. Das Haus war, zu Jans Nachteil, leider vollkommen aus Metall. Jan konzentrierte sich auf das Metall der Umgebung, um damit er die Figuren an die Wand zu mauern. Das hat er auch geschafft da Metall aus Erde besteht und somit mit ebenfalls zu seinem Element, aber bei ihm waren dadurch die Figuren nur bewegungsunfähig gemacht worden, aber das zählte auch, weil Max den Rest machen würde. Max wurde zum richtigem Schwertkämpfer und Jan zum Elemetarkämpfer. „Ihr seid bereit für den Kampf.“, sagte der alte Mann „Was denn für ein Kampf?“, fragte Max. „Der Testkampf. Ihr zwei werdet gegen mich kämpfen. Gewinnt ihr, kommt ihr weiter, wenn nicht seid ihr für den Teufel unsichtbar. Der besiegt euch dann in 0, nichts. Ihr habt zehn Sekunden für einen Plan. Nicht mehr und nicht weniger“, sagte der Mann. Jan und Max nutzten die Zeit voll aus. Als die Zeit um war, waren alle bereit. Der Kampf begann.

Max sollte von oben angreifen und Jan von der Seite, so konnte der alte Mann nicht ausweichen, aber als sie das versuchten verschwand der Mann und Jan traf Max. „Hol mich hier raus!", forderte Max. „Hast du das gesehen?", fragte Jan und holte Max da raus. Als Max sich dann umdrehte war da der Mann, der ihn mit einem Feuerstahl angreifen wollte, aber Jan machte schnell einen unterirdischen Raum und brachte ihn und Max hinein. „Der kann Feuer bändigen UND sich teleportieren!", sagte Jan empört. „Ja, hab ich gesehen", sagte Max. „Wir müssen heraus finden wie lange seine Ruhepause dauert, um sich wieder zu teleportieren, dann greif ich ihn an und du kannst rund rum alle möglichen Positionen attackieren. Sobald das geschieht, gehen wir beide drauf los. Und merk dir diese Kombination, vielleicht werden wir auch mal eine brauchbare Kombination zusammenfinden", erklärte Max den neuen Plan. „Ach ja, mach mir einen Metallanzug und dir auch, falls doch was schief läuft.", fügte Max schnell noch hinzu. „Dann los", sagte Jan und tat das geplante. Max sprang zuerst hoch und griff den Mann an. Dieser teleportierte sich weg, direkt hinter ihn, womit Max natürlich gerechnet hatte. Max drehte sich um und konterte. Und vor dem nächsten starken Gegenangriff kam schon Jan mit seinem nächsten Angriff. Der Mann teleportierte sich wieder weg, aber Max und Jan merkten, dass er 10 Sekunden brauchte bevor er sich wieder teleportieren konnte. Das haben die Freunde voll ausgenutzt und sie führten ihre bisherige Strategie fort.

Jan nutzte die nächste Situation aus und klemmte den alten Mann mit etwas Metall an die Wand, da konnte der Mann sich nicht mehr bewegen und Max griff an aber bremste vor dem Treffer auf den Mann, sonst würde es nicht gut für den Mann ausgehen, doch Max gewann mit Jan, als ein gutes Team. „Ihr habt das gut gemacht. Ihr erhaltet auch eine Belohnung. Ich kann Feuer bändigen und ich will euch das auch gönnen, deswegen nehmt diese Feuerpille. Mit dieser Pille erhält einer von euch die Fähigkeit Feuer zu bändigen. Also wie die Pille von Jan eben nur für Feuer.", versprach der Weise, als er frei war. Er fuhr fort: „Es gibt noch Flammenpillen für blaues Feuer und nur eine Blitzpille für den Blitz. Die aber hat der Teufel, also seid vorsichtig. Diese Blitze sind sehr gefährlich und sehr schnell. Ich hatte es geschafft, noch so eine aufzutreiben. Bei einem Kampf gegen einen starken Goblin mit einer stumpfen Axt, die ich sofort geschrottet habe. War so leicht wie etwas Weggeworfenes zu stehlen. Viel Glück." Sie bekamen vom Alten Proviant und zu trinken. Sie verabschiedeten sich schon früh von dem alten Mann und sie fuhren mit ihrem Hauptabenteuer fort.

2. Kapitel

Max nahm die Pille, weil er so eine gute Kombination mit seinem Schwert machen konnte, wegen des Feuers der Klinge mit der Kombination mit zusätzlichem Feuer, würde sein Schwert viel stärker werden und für die Zeit die Kampfstufe 4 sein, aber das hängt von der hinzugefügten Flammen ab.

Sie verfolgten den Weg, den sie gekommen waren, bis sie an der Stelle waren, wo der Mann aus Feuer gewesen war. „Ich denke wir sollten uns erst ausruhen. Kannst du wieder einen unterirdischen Raum herstellen. Ich fand den voll cool. War der improvisiert oder hast du den beim Training benutzt?“, fragte Max. „Ja, das war improvisiert. Ich dachte schon beim Training darüber nach wie ich es machen sollte, aber mir ist nicht vor Augen gekommen wie ich es machen sollte. Beim Kampf habe ich es einfach so geschafft, wahrscheinlich wegen deiner Gefahr, hat mein Gehirn als Reflex das gemacht oder es hat super Mega schnell gearbeitet. Ich hoffe das Nächste wird auch stabil genug. OK. Wir haben schon 2 der 8 Brüder besiegt. Bedeutet das etwa das es nur noch 6 Böse gibt oder gibt es noch mehr dieser Monster? Wieso hat der Eine das überhaupt gesagt?“, wollte Jan im unterirdischem Raum wissen, den er ebenfalls so schnell wie beim ersten Mal gemacht hat. „Keine Ahnung. Ich weiß genauso wenig wie über dies hier, wenn nicht weniger“, fügte Max hinzu. Durch ein Feuer wurde der Raum warm gehalten, welches Max mit seiner Fähigkeit gemacht um diese zu testen, und dort blieben Jan und Max für den Rest des Tages. Sie schliefen jedoch 2 Tage, ohne dass sie es merkten, weil es keine Deutungen gab die darauf anwiesen. Am übernächsten Tag also erschien leider zu bekanntes Problem. Hunger. Der Proviant des Mannes war schon aufgebraucht, weil sie ab und zu danach griffen und beim Essen ziemlich viel aßen, um bei Kräften zu bleiben. „Steh auf Max. Wir müssen etwas essen! Wie ich jetzt Lust auf einen Kuchen von deiner Mutter habe.", sagte Jan, der schon wach war und Max weckte. So gingen sie aus dem Raum unter der Erde und folgten dem Weg der über ihnen war. Sie hielten die Augen besonders offen, falls sie vielleicht etwas zu essen finden würden, was selber aber für unwahrscheinlich hielten, denn würdest du glauben, dass du in der Hölle leckeres Essen findest. Bestimmt nicht.

Da sahen sie ein Licht und rannten darauf zu. Das Licht war etwas zu „Essen. Lecker, ist das viel.", sagte Jan. Sie aßen sich satt, bevor sie wirklich zu sprechen begannen. „Mir ist langweilig.", sagte Jan. „Dann lass uns reden", schlug Max vor. „Ok. Reden wie über ... wie hieß sie nochmal? Ähhh . . . Vanessa, Nein, Melina, nein, Kassandra, nein, nein und nochmals nein. Wie kann ich den Namen des Mädchens mei . . . ach ja sie hieß Sarah. Ich haben so ihr Gesicht vermisst.", sagte Jan. „Ich auch.", sagte Max. „Lass uns das Lied singen das wir uns ausgedacht haben. Fangen wir an. Es ist lustig, aufmunternd und cool.

Wir haben einen Grund zum Feiern. Wir können kaum noch laufen, aber weiter saufen. Ja wir rülpsen um die Wette, um zu gewinnen die schöne Kette. Ja, wir sind verliebt, wollen ihr Gesicht nur sehen, ist unser Wille. Ja wir sind verliebt, dennoch sind wir anscheinend für sie unbeliebt." Die Freunde gingen weiter, als plötzlich eine Gestalt vor ihnen langsam herunter schwebte. Man sah sie erst vollkommen, als endlich unten angekommen war. Sie hatte keine Füße, stattdessen war nämlich ein Geisterschwanz vorhanden, ein blaues Auge, auf dem Armen ein schwarzes Feuermuster und zwei Schwerter auf dem Rücken. „Wir haben`s kapiert. Du bist der 3. Bruder", riet Max. „Ja, das bin ich. Ihr müsst jetzt gegen mich kämpfen. Mein blaues Auge kopiert das Schwert von dir. Also hab ich das gleiche Schwert 2.mal. Ihr Nullo Chanco.", sagte der neue Gegner, der versuchte lustig zu wirken, aber ihn nur schlechter zeigte. Der Kampf begann. Jan umhüllte die Umgebung mit Felsen, damit sich Max verstecken konnte und er sofort angreifen kann oder alles andere was er kann besser nutzten konnte. Jan begann mit dem ersten Angriff. Er warf große Steine auf den Geist. Dieser wich aus, wo rauf Max wartete. Max schlug aus dem Hinterhalt zu, während Jan aus der Erde herbeigeeilt kam. Jan versperrte die Sicht des Geistes mit Erde vor den Augen. Die beiden Schwerter waren nun verschwunden. Max erledigte den Rest, mit einem gezieltem Schlag mit vielen Flammen seines Schwertes, die er selbst hinzu gefügt hatte. Dieser Bruder verschwand auch und hinterließ 2 Schwerter. Das eine vereinigte sich mit dem Schwert von Max. Das neue Schwert hatte eine Magmaklinge mit einem Muster mit metallischem Innenkern. Das gleiche Schwert, nur mit Metalklinge und im inneren Lava war das Andere. „Du hast Magma und kannst Feuer bändigen. Beides Kampfstufe 4. Ich kann Erde bändigen und ich habe eine Metallklinge. Das bedeutet dass die Schwerter sich nach dem Element des Besitzers richten. Und außerdem ist im innerem des Schwertes die Elementerweiterung des Partners.", erklärte Jan. Jetzt hatten beide ähnliche Schwerter und konnten ein Element bändigen. „Ich mach wieder einen unterirdischen Raum, aber mit Trainingseinheiten um zu Tainieren und so. Hier oben nervst voll oft gegen schwache Gegner zu kämpfen. So ist es besser. Aber wir müssen bedenken das der Teufel um Einiges stärker ist.", sagte Jan als es wieder dunkel wurde. Wie gesagt, so getan. Am nächstem Tag aßen sie den Rest vom letzten Essen. Als sie dann wieder weitergingen teilte sich der Weg erneut. Weg 1: „Der Kürzere zeigt den Weg." Weg 2: „Dieser Weg ist richtig." Max und Jan dachten sofort an die Anzahl der Wörter im den Beschreibung, doch dann bemerkten sie, dass beide Sätze gleiche viele Wörter beinhalteten. Dann fiel ihm die Anzahl der BUCHSTABEN ein und Max zählte die Buchstaben des ersten Satzes und Jan die des zweiten Satzes. Es stellte sich heraus, dass der 2. Weg 2 Buchstaben weniger hatte und somit sie sich auch für diesen Weg entschieden hatten.

Die Zeit kam den Freunden ziemlich lang vor. Max machte deswegen die ganze Zeit Feuer gegen die Wand. Der Tag war heiß, was Max irgendwie kühlend vorkam, aber genau das Gegenteil bewirkte. Jan versuchte Gegner zu erfinden, damit sie etwas zu tun hatten, die cool aussahen und stark sein würden, damit die vielleicht Jan zum Training das Wichtigste von ihn nachmachen konnte. Jan konnte die Erde nach Bewegungen absuchen. Das konnte Jan nun in 100 m Umgebung. „Dort vorn in ca. 50 m sind 2 Menschen", schrie Jan auf, als er Menschen wahr nahm. Er fuhr fort: „Lass uns schnell dahin gehen. Endlich irgendetwas Besonderes." Sie liefen zur der Stelle die Jan meinte. „Sarah und Tom? Was macht ihr hier?", fragte Max geschockt als er das wunderschöne Mädchen seiner Träume und den zu großen Jungen sah. Tom war ca. 1,70 m, blond und grünäugig. In der Schule war er ganz OK. Sarah war auch blond, grünäugig und sie war 1,50 m groß, deswegen war Max innerlich wütend, wegen der Vermutung das Tom sich an Sarah ran gemacht hätte, weil sie sich so ähnlich waren und sie zusammen hier alleine waren. „Du meinst wohl: Was macht IHR HIER.", korrigierte Sarah. Max antwortete: „Wir suchen einen … und ich kann … und Jan kann ... also was ich meine ist …und …", stockte Max. „D-D-Da ist sie", flüsterte Max fast unhörbar zu Jan rüber. „Was Max sagen wollte ist, dass wir den Teufel suchen, dass Max Feuer bändigen kann und ich Erde. Wir beide haben noch ein Schwert und können die Erweiterung des jeweiligen Elementes", erklärte Jan die halben Sätze von Max. Sarah sagte: „Wir auch. Lasst uns ein Team bilden. Ich kann Wasser und Tom Flammen bändigen, also blaues Feuer. Als weiteres Tom Lava, wie Max, hat das gleiche Schwert wie Ihr und ich Eis. Auch Schnee. Hehehe. Ach ja, das mit der blauen Feuer haben wir von einem krassen Gegner bekommen, den wir gerade noch besiegt haben." So entstand ein Team.

Alle hatten Hunger, doch zum Glück hatten Tom und Sarah ein Tuch, auf dem durch Zauber viel Essen erscheint, wenn es ausgelegt wird. Woher sie das haben, haben sie Max und Jan nicht gesagt. Sie hatten ab dem Zeitpunkt immer zu Essen dabei. Es wurde schnell dunkel, deswegen machte Jan seine Aufgabe früh. Er hatte wieder mal einen Raum erstellt. Der Raum war groß, hatte aber nur 3 Betten. „Sarah muss neben jemand anderem schlafen.“, erklärte Jan. „Waaaaas?“, fragte sie wütend. „Ja. Ich hatte kein Bock mehr, noch ein neues Bett zu machen, weil ich dich „versehentlich“ vergessen habe.“, antwortete Jan. „Wähle einen!“, fuhr er fort. Sarah dachte etwas länger nach, da so etwas nicht öfters passiert. Eigentlich wollte sie protestieren, aber vielleicht wollte sie ja neben jemandem Besonderen schlafen. Nach einer Weile entschied sie sich: „Ich wähle …ähh M-M-M-Max!“ „M-M-Mich?“, fragte Max erstaunt und glücklich darüber. „Ja, du oder heißt noch jemand Max.“, klärte ihn Sarah auf, die nicht mehr stotterte. So war es geklärt.

Zuerst lagen sie stets von einander fern, doch als es kalt wurde, rutschte Sarah immer näher an den warmen Max. Als Max das merkte, drehte er sich um, als Sarah schon ziemlich nah war. Hautnah sogar, und ein Unfall geschah, als Max sich umdrehen wollte, um zusehen was los war. Er hatte sie versehentlich geküsst.

„Entschuldigung. Sarah …Das wollte ich nicht. Eigentlich schon, aber nicht so wie du denkst. Außerdem, … … … Ich- Ich l-l-liebe dich“, sagte Max. Sarah tat als wäre sie erstarrt. „Ich dich auch“, murmelte sie ihm dann flott zurück. „Wirklich? Ich dachte du und Tom …?“, fragte er, aber Sarah legte ihren Finger auf seine Lippen. „Sonst würde ich nicht bei dir sein.“, antwortete Sarah und küsste Max absichtlich noch einmal. „Sarah. Ich habe noch nie ein Mädchen geküsst oder eins geliebt. Also, falls du etwas von mir verlangst, dann werde ich es für dich tun“, sagte Max weniger romantisch. Sarah murmelte zurück: „Bei mir ebenso. Ich möchte von dir nichts. Ich werde dir meine Liebe zeigen, denn du bist der Junge den ich liebe. Wenn du erlaubst möchte ich dir einen Spitznamen geben. Wie wäre es mit Schatz? Ist zwar nicht original, aber es gefällt mir." „Du kannst mich so nennen wie du willst, Schatz.", sagte Max, während seine Lippen sich näherten sich Sarahs Lippen vorsichtig, um keinen Fehler zu machen und Sarah unbewusst zu beleidigen. Sarah kam ebenfalls näher und sie küssten sich lange und schliefen danach ein.

Beide hatten seit dem ein gemeinsames Geheimnis. Am nächsten Morgen wurde trainiert. Wer gegen wen kämpfte, wurde ausgelost.

Max VS. Tom

Jan VS. Sarah

Der Gewinner sollte gegen den anderen Gewinner antreten, aber leider waren beide Kämpfe unentschieden ausgegangen und keiner musste noch einmal kämpfen, aber sie waren schon so zu sehr erschöpft und hätten sowieso aufgehört oder eine längere Pause gemacht. Jeder hatte sein Bestes gegeben.

Der Tag war wieder schnell vorbei. Als fast alle schliefen, pflanzte Sarah eine Knospe, denn sie noch von der normalen Welt bei sich in der Tasche hatte, in den Boden und begoss ihn. Max merkte das und gab der Knospe durch Feuer Wärme. Ein Wunder geschah, denn sofort spross eine Rose. „Mein Geschenk an dich, meine Liebe.", sagte Max und Sarah bedankte sich und gab ihr wieder einen Kuss, der etwas länger dauerte und zeigte dass sie beide wirklich verliebt waren.

3. Kapitel

Am nächsten Morgen fand Sarah einen jungen Falken über dem Raum, als sie einen Spaziergang an der frischen Luft machen wollte, was nicht so gut geht wenn man in der Hölle ist. Sie nahm den jungen Falken in ihre Hände, drehte sich um und ging in langsamen Schritten zurück, damit sie dort nichts bemerkten, dass sie erschöpft vom Laufen war, denn es sollte eine Überraschung für Max werden.

Sarah ging sofort zu Max, als sie wieder zurück war und sagte: „Ich habe ein Gegengeschenk für dich.“, und übergab Max den Baby-Falken in einem Moment in dem Tom und Jan in einer Diskussion über Stärke und Geschwindigkeit im Kampf, welches Sarah absichtlich vorher angefangen hatte. „Danke. Ich nenne ihn Falco.“, entschied Max und gab Sarah eine liebevollen Kuss auf den Mund. Dann fuhr er fort, als er den Falken begutachtete. Der Falke war schwarz am Bauch, rot an den Flügeln und Rücken. Er war klein doch sehr süß, denn seine Augen waren ebenfalls rot und sah einen wundervoll an. „Das ist von nun an mein Kampfpartner. Wir werden zusammen kämpfen und gemeinsam trainieren. Wir werden mit ihm vieles erleben.“

Als Max mit dem Mini- Falken trainierte, um zu testen, stellte sich heraus das Falco auch Feuer bändigen konnte. „Gut dann sind wir ein perfektes Feuer–Team. Du aus der Luft und ich von unten.“, freute sich Max. „Ja“, antwortete Falco mit einer Babystimme, mit großer Höflichkeit. Max war erstaunt: „Ich wusste gar nicht, das du sprechen kannst. Besonders so süß und cool.“ Falco trank einfach das Wasser, was die tranken, weil er sagte er hasse Milch, weil es so langweilig und geschmacklos war. Nach einigen Tagen Training leuchtete Falco hell auf und verwandelte sich. „Was ist passiert?“, fragte Max als er dies sah. „Er entwickelt sich!“, sagte eine bekannte

Stimme von einer Person die sie nicht sehen konnten. Da kam der alte Weise vom Trainingshaus von der Decke, des kleinen Raumes, angesprungen landete vor Max. „Weil er ein Agone ist, entwickelt er sich weiter. Agonen sind die Monster dieser Dimension, was ihr wissen solltet. Ein Agone entwickelt sich je nach Stärke schnell. Damit die Energie sie nicht übernimmt. Es gibt 3 Stufen der Agonen.

1. Primärstufe,
2. Sekundarstufe
und die
3. Überstufe,

die nur sehr starke Monster erreichen können. Dein Falco war auf der Primärstufe und entwickelte sich, um stärker zu werden, zur Sekundarstufe. Wie es aussieht, wird er sogar die Überstufe erreichen. Die Überstufe erreichen nur die, die besonders stark und geschickt sind", erklärte der Weise. Er fuhr fort: „Ich werde euch begleiten, weil ich glaube das ihr stark genug seid, um den Teufel zu bezwingen und uns alle zu befreien." Nach dem Gespräch gab der Weise jedem einen Gürtel und 4 kleine Bälle. „Das sind Agonenbälle. Mit diesen könnt ihr Agonen, statt sie zu besiegen einfangen. In dem Gürtel könnt ihr sie durch den Knopf darauf verkleinern und aufbewahren.", erklärte der alte Mann. „Ich möchte nicht in so einen Ball. Max, lass mich bitte lieber bei dir sein", sagte Falco sofort. Aber um den Ball zu testen ließ sich Falco doch noch überreden. Als Max dann den Ball auf ihn warf, verschwand Falco und der Ball tickte. Aber schon beim 2 Ticken kam Falco wieder raus. „Das ist es voll öde. Kein Bock da drin", murmelte Falco als er wieder draußen war.

„Entschuldigung, aber wir sagen zu ihnen immer alter Weise. Wie heißen sie denn eigentlich?", fragte Tom. „Ich habe keinen Namen. Ich war früher die rechte Hand des Teufels, als ich jedoch sah was der den Leuten antat, stellte ich mich gegen ihn, verlor aber. Dann hat er als Strafe meinen Namen aus meinem Gedächtnis gelöscht. Deswegen eröffnete ich das Trainingshaus um allen Leuten zu helfen damit irgendwann die Stärksten kommen und den Teufel besiegen. Ich habe gemerkt, dass diese anscheinend ihr seid. Die anderen sind jetzt Statuen oder Diener von dem Teufel. Der Teufel absorbiert alle Kräfte des Feindes wenn er gewinnt, deswegen ist er so stark. Meine hatte er nicht absorbiert, weil ich damals gute Dienste geleistet hatte.", antwortete der Weise. Es fehlten jetzt nur noch den restlichen 3 Teammitgliedern die Agonenpartner, die auch ein passender Freund sein sollten. „Ich gebe auch euch einen Anfangsagonen", sagte der Weise. Er fuhr fort: „Ihr müsst den Ball gegen die Agonen werfen und dann etwas warten, passiert nichts habt ihr ihn gefangen, aber wenn der Agone entwischt, müsst ihr ihn weiter schwächen und es dann wieder versuchen. Wie ihr es bei Max gesehen habt, nur eben das Falco nicht erschöpft war und noch genug Kraft hatte, um aus dem Ball zu kommen." Jeder bekam einen Ball für sein eigenes Element, damit man besser die Agonen mit gleichem Element finden konnte um damit zu harmonieren. Jeder der Anfangsagonen konnte sprechen.

Sarahs Agone hieß Taja,

Jans Agone hieß Taimer,

Toms Agone hieß Klifon.

Da die Freunde jetzt nichts mehr aufhielt, waren sie schon auf dem Weg mehr Agonen zu fangen. Kaum war Max weg und schon sah er einen interessanten Agonen: einen Drachen. Er lief auf den Drachen zu, rief Falco und harmonierte im Kampf mit Falco wie eine Person. Sie hatten mal starke, mal schwache Attacken benutzt um ihn nicht zu besiegen.

Knapp vor dem Ende, warf Max einen Agonenball auf den geschwächten Drachen. Der Ball tickte mit einem Agonen in sich drin. 1, 2, 3, es hörte auf zu ticken. Max hatte es geschafft, er hatte seinen ersten Agonen gefangen.

Jan suchte sich ebenfalls einen 2. Agonen. Es dauerte nicht lange, bis er plötzlich angegriffen wurde, doch zum Glück hatte Taimer den Angriff gestoppt. „Taimer, Konter.“, schrie Jan. Es machte ihm Spaß, Befehle zu geben und mit seinem Agonen zu kämpfen. Taimer reagierte sofort und schlug den stierähnlichen Agonen zurück. Jan erstellte eine Combo, indem er einen Felsen von unten hervor schlug, der den Agonen nach oben beförderte. Direkt nach dem Schlag warf Jan einen Agonenball hinterher. Er traf, in der Luft bewegte sich der Ball sehr heftig.
Es sah schlecht aus für Jan, als der jedoch Ball auf dem Boden landete bewegte er sich kein bisschen. „Wir haben gemeinsam meinen ersten Agonen gefangenen. Danke Taimer“, sagte Jan und bedankt sich bei Taimer.

Sarah dachte sich, es wäre nicht schädlich zu versuchen einen 2. Agonen zu fangen. Als sie den unterirdischem Raum verließ wurde sie direkt von einem Rosensturm attackiert, aber sie konnte sich noch mit einem Sprung retten. „Ah, ein Agone. Ich werde dich fangen“, sagte Sarah voreilig. Schon begann der nächste Kampf. „Taja, Dornenhecke.“, befahl Sarah und schon umzingelte eine riesige Dornenhecke den Agonen und wurde immer kleiner, bis der Agone fast zerquetscht wurde und er von den vielen Dornen gestochen wurde. Sarah wartete nicht lange und warf ihren Agonenball. Dieser tickte 2 Mal und blieb dann ganz ruhig stehen. Sarah und Taja freuten sich über ihren Sieg. Aber dass es so leicht wurde, bedeutete dass der Agone nicht sonderlich stark war. Das enttäuschte sie. Aber die Freude war dennoch nicht verflogen.

Tom dachte sich, dass jedes Teammitglied später 2 Agonen haben würde und wollte deswegen nicht als einziger ohne einen 2. Agonen sein. Also machte er sich auf die Suche nach einem 2. passenden Agonen. Da fand er einen Agonen, der aber keine Arme, keine Beine und keinen Hals hatte. Der hatte nur einen Kopf, Hände, Körper und Füße, die irgendwie zusammenhingen. Als Tom ihn angreifen wollte, hatte dies der Agone wahrscheinlich bemerkt und hat seinen Körper 5 m weiter weg bewegt und so traf Tom nicht. Tom experimentierte mit Angriffen wie weit der Agone seine Körperteile weg bewegen konnte. Es waren genau 5 m und 30 cm. Dann rief er Klifon herbei. Er hatte den Plan, an zu greifen während Klifon ein anderes Körperteil angriff. Doch der Agone konnte mit mehreren Körperteilen gleichzeitig in verschiedene Richtungen fliehen. Deswegen griff Tom den Agonen 2-mal an und Klifon sollte den restlichen möglichen Feldern die Flucht unmöglich machen. Vor dem Versagen des Agonen warf Tom einen Agonenball. Der Ball hat nicht einmal getickt, sondern blieb die ganze Zeit über ruhig liegen, was bedeutete dass der Agone gefangen war.
Am Abend hatte jedes Teammitglied seine 2 Agonen. „Das hat echt Spaß gemacht, weil man sich auf den richtigen Zeitpunkt verlassen muss und Befehle gibt. Aber es gibt nur ein Problem!“, bemängelte Tom. „Was denn?“, fragte Jan. Darauf Sarah: „Wir haben keinen Namen. Wie wär es mit ... Team STJM. Ausgesprochen wird es Steam. Sarah Tom Jan Max.“ Damit waren alle fürs erste einverstanden. Sie trainierten die nächsten Tage lange, um stärker zu werden. Das Training hatte sich gelohnt, denn Klifon entwickelte sich weiter, beim Training weiter. Jetzt war er wirklich stark und groß. Er hatte 2 Flügel und 3 Schwänze. Das Team schlenderte in den Tagen weiter durch das Labyrinth und Jan machte wieder einen unterirdischen Raum. Max hatte die Blume mitgenommen und gab sie Sarah, aber als Taja diese Liebe und Verbindung zwischen ihnen sah, entwickelte sie sich ebenfalls. Jan und Taimer hatten keinen Bock zu trainieren, deswegen entwickelte sich Taimer aus Langeweile weiter. Er hatte rumexperimentiert und dann ist es einfach geschehen.

4.Kapitel

Da jetzt jeder der Freunde einen 2. Agonen hatte und der erste sich entwickelt hatte, fand Max es wäre gut aus der Miniaturwohnung raus zu gehen, um zu sehen ob es draußen irgendetwas Interessantes gäbe. Er war nicht umsonst draußen. Er sah einen Flammenjungen, sowie den vom letztem Mal, den sie besiegt hatten, eben nur eben etwas junger. „Hallo, ich bin Flam. Ihr habt meinen Vater umgebracht als er unter dem Bann des Teufels war. Bevor er starb kam er nach Hause und sagte, ich sollte mich euch anschließen, damit wir andere Agonen befreien können. Meine Mutter war ein Mensch", sagte der Flammenjunge und verwandelte sich in einen Menschen. „Dann komm runter", sagte Max. „Das Team wird entscheiden."
„Es kommt plötzlich, das weiß ich, aber ich bitte euch trotzdem, denn ich möchte auch den Teufel besiegen."
Das Team sagte ja. „Jetzt sind wir 5. Je mehr, desto besser", freute sich Sarah über das 5. Mitglied. Dann zeigte Flam seine Fähigkeiten. Er konnte sich in einen Agonen verwandeln und zu einem Menschen, mit seinem Schwert kämpfen und Feuer bändigen. Flam erhielt auch 4 Agonenbälle, die so aussahen, wie die von Max, aber er bekam keinen Anfangsagonen, weil er selber einer war. „Jetzt wird gekämpft. Ich lose gleich Teams. In den Teams wird gekämpft. Das wird ein Turnier. Die 2 Stärksten, Diszipliniertesten und Schnellsten werden dann die Anführer von eurem Team.", erklärte der Weise. Das Turnierfinale bestritten am Ende Flam und Max. Max gewann, am Ende gerade noch. „Die Anführer des Teams sind Max und Flam.", verkündete der alte Weise.

„Wenn wir jetzt 5 sind brauchen wir auch einen neuen Namen", sagte Tom. „Wie war denn der alte Name?", fragte Flam. „STJM", antwortete Sarah. „Wir können uns „fast Eagles" nennen", schlug Flam vor, ohne Sarah zu beachten.

„OK. Ich denke ihr seid alle einverstanden. Falls das zu lang ist könnt ihr auch fE(ef ej) sagen“, fügte Flam hinzu. „Ihr könnt weiter reden, ich hol mir einen Partneragonen. Max sagte mir bereits, dass jeder von euch einen Partneragonen hat und sich einen zusätzlichen Agonen erworben hat. Da möchte ich nicht alleine ohne eine zweiten stehen. Bis gleich“, gab Flam seinen neuen Freunden schon mal Bescheid.

Flam erkämpfte sich einen leichten Feueragonen, paar Hiebe mit dem Schwert und den Agonenball werfen und gefangen. Dieser war sein neuer Partner. Er nannte seinen Partner Crow. Er machte sich mit ihm auf den Rückweg zum Versteck.

Flam schlug vor, sich auf den Weg zu machen und ein neues Versteck zu suchen. Der Vorschlag wurde angenommen. Die fast Eagles machten sich auf den Weg. Die Zeit verging langsam bis plötzlich der Teufel vor der Gruppe erschien. Er war vollkommen tiefrot. Seine Hörner war gelblich. Er hatte auch noch ein Zepter mit Zacken in der Farbe seiner Haut. Seine Augen funkelten und man verstand wieso er der Teufel war. „Du bist der Teufel. Wir schicken dich zu dir selbst, denn wir sind dein Tod.“, drohte Flam dem Teufel. „Hättest du wohl gerne. Diesen Kampf werde ich gewinnen und eure Kräfte absorbieren und die mächtigste Person, die es gibt, werden, die ich schon beinahe bin. Ich werde erst alle Engel vernichten und dann Gott mit der von den Engel erworbenen Kraft auslöschen“, verkündete der Teufel. Bevor er Zeit für den nächsten Spruch hatte rief Flam Crow. „Flammenzahn“, schrie Flam und Crow schrie: „Feuersturm.“ Danach schrien beide wie aus einem Munde: „Flammenorkan.“ Mit dieser Attacke trafen sie den Teufel. Schon kam die nächste Kombination von Max und Falco, bevor der Teufel sich erholen konnte, kam der „Flammenphönix“. Ununterbrochen kamen Jan und Taimer und Tom und Klifon. Als nächstes von Taimer und Jan der „Felsenhagel“ und dann der „Blitzreißzahn“ von Tom

und Klifon. Jetzt kam noch die „Tsunamirose“ von Sarah und Taja. Und schon war der Teufel weg. Doch er war nicht besiegt. Er teleportierte sich hinter Sarah und wollte zuschlagen, aber Jan schützte sie mit einer Erdwand. Diese Gelegenheit ließen sich Flam und Max nicht entgehen. Sie attackierten den Teufel mit der stärksten Kombination, den „schreienden Drachen“. Dieser Angriff lähmte erst den Gegner, schlug dann mehrmals zu und gab am Ende zusammen mit dem Ausführungspartner ein doppeltes brennendes Schwert ins Herz.
„Ahhhhhhh ... Ihr habt gewonnen.“, war noch zu hören und dann verwandelte sich die Umgebung in eine Bahnstation, die sie vorher ein Mal betreten hatten als sie dem Teufel gefolgt waren.

Da kam der Zug und die Freunde stiegen ein. Sie fuhren zurück nach Hause, ohne Ticket, denn im Bus war dies Mal kein Kontrolleur und der nächste Halt war Düsseldorf, ihre Heimat.

Flam folgte Max in sein Haus und der Weise folgte Jan in sein Haus. Als Max endlich zuhause mit Flam war sah Max seine Eltern, aber Max Eltern waren tot und deswegen lebte er bei seiner Tante Jenny. Er hatte ein Foto von ihnen gesehen, deswegen nannte er sie als erstes Eltern. Zur Probe und Sicherheit fragte Max seine angebliche Tante, die auch vor Ort war, wo seine Eltern gewesen waren und die angeblichen Tante sagte sie wären Arbeiten und sie wollten ihren Sohn wiedersehen.
Max merkte, dass hier irgendetwas nicht richtig war, denn die Tante hatte gelogen. „Wenn das so ist, dann sagt mal wie ich heiße!“, forderte Max. Würden sie sagen „Du heißt Max Kröder.“, dann würde er sie umarmen. Aber sie sagten: „Max Lüstling.“ „Ihr seid nicht meine Eltern und du bist nicht meine Tante. Flam greif sie an!“, schrie Max. Als die angebliche Tante bei einem Treffer verschwand und die gefälschten Eltern ebenfalls. Max erklärte: „Wir müssen zu

den anderen. Das ist anscheinend eine Falle vom Teufel, der andere Teufel war nur eine Fälschung.“

Jans Eltern waren eigentlich reich. Sie hatten Jan adoptiert als er klein war, trotzdem sah er ihnen bei der Adoption sehr ähnlich. Sie waren zurzeit auf dem Trödelmarkt. Normalerweise würden die Eltern den halben Markt kaufen, aber Jan merkte dass die falschen Eltern nichts kauften und dass sie vollkommen anders aussahen. „Warum kauft ihr nichts und redet nicht“, fragte Jan plötzlich als es ihm zu Kopf kam das es so langweilig und leise war. Da kamen schon Flam und Max. Sie schrien: „Das sind nicht deine Eltern. Das sind nur Fälschungen.“ Da verschwanden die falschen Eltern. Max und Flam erklärten Jan alles was passiert war. Schon machten sie sich auf die Suche nach Sarah. Auf dem Weg zu Sarah ist Flam wütend geworden, weil das nicht die echte Welt war und er nicht normal leben konnte. Aus Wut entwickelte sich Flam weiter zur Überstufe. „Cool. Ich brauchte gar keine Sekundarstufe. Dann bin ich ja richtig stark“, freute sich Flam.

Sarah lebte bei ihrem Bruder Leon. Sie hat nur Leon als Bruder, sonst hatte sie keine Geschwister. Leon war ziemlich lustig und war von Beruf aus Künstler. Aber in der falschen Welt hatte sie eine Schwester die gemein war, wie noch irgendwas. „Ich hatte keine Schwester und wenn, dann nicht so ein Monster wie dich“, verteidigte sich Sarah beim Eintreffen von Gefahren der Schwester auf sie. Da verwandelte sich die Schwester wirklich in ein Monster. Aber zur Rettung kam ein Flammenorkan von Flam, der doppelt so groß war wie beim letzen Mal, auf das Monster und vernichtete es. Aber als Sarah Flam sah verstand sie wieso. „Wir sind in einer falschen Welt gefangen. Alle Verwandten sind anders. Anscheinend wusste der Teufel nicht wie wir leben, und musste einfach etwas aus seinem Ärmel schütteln“, erläuterte Max die Situation. „Den wird er bald nicht mehr haben“, bemerkte Flam. Zusammen suchten sie Tom auf.

Tom hatte Eltern die dauernd zuhause sind, weil sie ein Unternehmen von Immobilien hatten. Sie schickten Angestellte für wichtige Gespräche und hörten und sahen alles im dem Raum durch eine Kamera die irgendwo bei dem Angestellten befestigt worden war. In der falschen Welt waren sie nur ein paar Minuten zu Hause und schon waren sie wieder weg. Als die Eltern weg waren klingelte es an der Tür. Die restlichen fast Eagles kamen rein. Sie erklärten Tom das Geschehen. Da klingelte es wieder an der Tür. Es waren die falschen Eltern. „Ihr habt es also heraus gefunden. Teil 1 des Tests bestanden. Ihr müsst 3 Tests bestehen. Test des Wissens, Test der Stärke und Test der Teamkraft. Der 2 Teil dieses Testes besteht darin, ein Rätsel zu lösen. Hier kommt das Rätsel, dafür habt ihr 10 Sekunden.
Ich bringe Wärme für Lebewesen, Kälte für die Enden und bringe Pflanzen zum blühen. Ich bin weder Sonne noch Mond. Was bin ich?“, sagten die schlechten Fälschungen. „10, 9, 8, 7, 6, 5, 4, 3, 2“, zählte sie runter, bis Jan noch „Die Erde“ sagen konnte. „Richtig“, sagten die Eltern und gaben den Kindern einen Orden, auf dem eine großes W war. Es war anscheinend der Orden des Wissens und alles verwandelte sich auf einmal in einen seltsamen Untergrund. „Ihr seid also die Kinder die angeblich unsere anderen 3 Brüder besiegt haben. Die sehen aber schwach aus und sind sehr junge Kinder.“, sagten ein paar Stimmen aus dem Hinterhalt. Schließlich kamen ein paar Kreaturen zum Vorschein. „Ihr müsst hier den Test der Stärke bestehen. Aber das wird euch nicht gelingen, weil ihr hier gegen uns verlieren werdet. Das wird ziemlich einfach werden. MuHaHaHaHaHaHaHa“, gaben die Brüder an lachten grausam und schief zusammen. „Das wollen wir erst mal sehen“, sagte Flam. „Flam in diesem Kampf machst du nicht mit, weil du etwas zu neu bist und keine große Kampferfahrung hast. Die anderen kämpfen und du schaust zu, egal ob du stark bist. Merk dir alle wichtigen Bewegungen und sieh dir die Reaktionen der Anderen.“, befahl der alte Weise. „Ok“, antwortete Flam. Max sollte gegen den siebten,

Sarah gegen den sechsten, Jan gegen den fünften, Tom gegen den vierten und der alte Weise gegen den achten kämpfen.

Tom VS. Den vierten Bruder

Tom war gut im Form, deswegen war besonders gut im Ausweichen und Kontern im letztem Moment. Doch der Gegner war ebenfalls gut im Kontern. Also war der Gewinner des Kampfes der der besser und schneller ausweichen und Kontern konnte. Tom hatte schon oft trainiert und er war auf diese Dinge spezialisiert, deswegen gewann er denn Kampf am Ende doch.

Jan VS. Den fünften Bruder

Der fünfte Bruder war eine Kombinationsfreak, denn er einen hatte eine Agonen des Typus der Erde, genau wie der Besitzer. Wenn der Agone schützte, griff der Bruder an und umgekehrt. Jan machte das zwar auch, aber so würde keiner gewinnen. Aus diesem Grund vertraute Taimer nur auf Jans Fähigkeiten und ließ ihn vorausstürmen, wobei Taimer ihn mit allen Mitteln der Erde ihn vor Angriffen schützte. Der Gegner erhob eine Wand aus Erde, um sich zu schützen, doch Jan war in großer Geschwindigkeit angerast, dass er mit einer Faust, mit Erde geschützt, die Mauer mühelos durchbrach und den dahinter gewesenen Bruder zur Strecke brachte.

Die Kämpfe waren schwer zu gewinnen, doch mit großer Anstrengung und viel Zeit gewannen die fast Eagles endlich. Jeder war sehr erschöpft und war froh dass der Kampf vorbei war. Das Team erhielt einen Orden der Stärke. Aus den Kämpfen hatte Flam wirklich vieles gelernt. Es hatte sich gelohnt ihn nicht kämpfen zu lassen, denn er hat so gut aufgepasst dass seine Reflexe und seine Erfahrung verdreifacht worden sind. Der beste und schwierigste Kampf war der Kampf von Max. Er hatte ihn gut bestritten, denn sein Gegner war der schwierigste von allen. Durch seinen großen Fleiß, so sagte der alte Weise, entwickelte sich auch Max Schwert. „Was ist los? Mein Schwert ist doch kein Agone“, fragte Max den Weisen. „Es hat sich auch weiter entwickelt und ist nun zur Kampfstufe 5 geworden. Die höchste Stufe ist die Stufe 5. Aber das Schwert wird bei der Stufe 5 nicht so gut sein wie andere gute Schwerter. Es hängt von der Grundstärke des Schwertes ab und deins war ja am Anfang nicht so gut. Also wenn du ein gutes Schwert findest sieh nach, welche Stufe es hat. Das steht unter dem Griff. Ist das Schwert gut und hat eine niedrige Kampfstufe so ist die Entwicklung umso besser“, erklärte der alte Weise. „Ist ja krass“, sagte Flam und die Freunde lachten alle gemeinsam. „Wo müssen wir nun hin? Wir haben noch den Test der Teamkraft vor uns oder sind wir richtig heftig von richtigen Losern verarscht worden. Sowas kann natürlich in der Hölle der Idioten passieren. Ehrlichkeit währt am längsten ist bei denen ein Verbrechen“, kommentierte Flam den Zustand. Alle lachten wieder. „Flam ist ab jetzt unser Belustiger. Ist uns schlecht oder ist uns langweilig, muntert er uns auf. Flam du bist richtig lustig, dass muss man dir lassen.“, sagte Max. „Ok. Damit bin ich einverstanden.“, sagte der alte Weise. „Und mich fragt keine Sau“, sagte Flam vorlaut und alle lachten wieder. „Aber jetzt zur Hauptsache. Der Test der Teamkraft findet nicht im Untergrund statt, aber auch nicht in der Hölle sondern im Himmel bei den Engeln“, fuhr der alte Weise fort. „WOW… Erst Hölle, dann Untergrund und jetzt Himmel. Wenn das nicht ein außergewöhnliches Abenteuer wird. Mich würde es nicht wundern, wenn wir den Teufel vermöbelt haben und der dann flennt wie die Sau und nach seiner Mutter ruft. Voll der Loser“, kommentierte Flam. Und alle lachten wieder. Drago nahm Max und Sarah, Klifon nahm Tom und Jan wurde von Taimer getragen. „Schade dass ich nicht tot bin sonst könnte ich euch dort mit einer Party willkommen heißen. Bis jetzt ist ja nichts Brennendes passiert. Außer mir“, bemängelte Flam.

5. Kapitel

Im Himmel wurden sie gut empfangen. Die Engel hatten eine Flügelspannweite von 2 m in reinem weiß. Sie hatten gewöhnliche Kleidung an, nur auf der Hinterseite der Klamotten waren 2 perfekt für die Flügel passende Löcher vorhanden. Ihnen wurde auch erklärt, wie der Kampf der Teamarbeit abläuft. „Ihr werdet in Zweierteams aufgeteilt. Dann werden euch Gegenteams zugeteilt. Ihr besteht den Test nur, wenn alle ungefähr gleich viel gekämpft haben und jedes eurer Teams muss gewinnen. Es werden keine Agonen benutzt, es sei denn, Sie werden als Partner gewählt. Ihr habt dafür die Wahl welche Partner ihr haben wollt." Die Aufstellung war nach der Partnerwahl wie folgt:

Max und Sarah gegen Domotro und Chaos

Jan und der weise Mann gegen Amra und Salto

Flam und Tom gegen Troll und Dusk

Die Kämpfe waren schwer, aber meist hatte sie Glück einen Partner der einem half wenn der eine Not war. Meistens geriet Sarah in Not und am seltensten Max und Flam. Durch hohe Anstrengungen war jedes Mitglied jedes Teams sehr schnell erschöpft. Die fast Eagles merkten dies und nutzten die Schwächen von den Feinden aus. Aber anscheinend haben diese das auch bemerkt und hatten deswegen gute Chancen zum Ausweichen.
„Sarah wir müssen erst den einen killen, dann den anderen. Das ist einfacher. Wir müssen den Stärkeren zuerst erledigen. Du lenkst ihn ab, dann komm ich von hinten und führe den entscheidenden Schlag aus.", schilderte Max den Plan. Sarah tat so ob sie den Schwächeren ablenken wolle, aber als der Starke von hinten einen

Angriff startete sprang sie hoch und schlug ihn von oben. Als dieser wieder die Augen aufmachte schrie Max: „Entfachen des Phönix", und Sarah sprang aus der Schlaglinie. Max Schwert brannte hell und wurde immer größer. Domotro wollt das Geschehen mit einem Angriff von hinten verhindern, aber als Max ausholte traf er Domotro und dieser war schon besiegt. Nun schlug er sein Riesenschwert in das Herz von Chaos. „Team 1 der fast Eagles gewinnt", schrie der Engelsaufseher.

Die Gegner von Team 2 der fast Eagles waren auf Schnelligkeit und Ausweichen basiert. „Wir müssen sie irgendwie zum stehen bringen", bemerkte Jan. Er fuhr fort: „Die weichen meist nach rechts aus", dann blinkte es bei beiden. Sie hatten einen Plan. Ohne Kommunikation stand der Plan in den Köpfen der beiden eingeflößt. Der alte Weise stieß einen Flammenstrahl auf Amra, der, wie geplant, auswich. Jan stoß sofort darauf 2 Felsen aus der Erde hoch und traf Amra. Er zerquetschte ihn, aber nicht so sehr dass er es nicht überleben würde. Einer weniger. Den zweiten haben sie mit einem Doppelangriff auf Salto und alle möglichen Felder ausgeführt. „Team 2 der fast Eagles gewinnt. 2 von 3 Teams der fast Eagles gewannen bereits. Wenn Team 3 gewinnt ist der Test der Teamkraft bestanden", rief der Engelsaufseher aus. „Ja. Wenn jetzt Flam und Tom gewinnen, schaffen wir es. Aber wie es aussieht haben die Gegner eh keine Chance, denn Flam ist stark. Tom ist zwar auch gut, aber was soll man machen", freute sich Max auf ihren halben Sieg.
„Ich übernehme Dusk und du Troll, ok. Alles einsetzten und sie nicht tödlich schaden, aber besiegen, sprich K.O. Dann auf in den Kampf", sagte Flam leise zu Tom. Die Gegner von Tom und Flam waren sehr stark, aber deswegen umso langsamer. Flam ist dauernd ausgewichen und hat dann von der anderen Seite angegriffen. Als finalen Schlag benutzte er den „Flammenzahn". Plötzlich stand er wie bei einem Teleport hinter Dusk und dann, nach einigen Sekunden kippte Dusk um. Dusk verlor. Flam schaute zu Tom rüber.

Dieser war erschöpft und der Kampf war nicht zu Ende. „Wenn ich ihm helfe, bestehen wir den Test nicht. Helfe ich ihm nicht kann er ums Leben kommen. Ahmmm.... Ich muss ihm einfach vertrauen. Er muss es schaffen und kann es auch.“, grübelte Flam vor sich hin. In diesem Zeitpunkt wurde Tom heftig getroffen. Er war fast ohnmächtig, aber noch nicht K.O. Aber anscheinend will Troll noch weiter machen. Er lief auf Tom zu und schrie: „Hammer der Qual“. Das würde das Ende von Tom sein. „Ich kann das nicht zulassen. Flammenzahn!“, schrie Flam laut und schlug Troll. Es war vorbei und Flam und Tom gewannen, aber nicht alles.

Flam hatte mehr von dem Kampf übernommen, aber das Leben des Freundes war ihm wichtiger. Als er wieder bei seinen Freunden war, entschuldigte er sich: „Entschuldigung, aber ich dachte Toms Leben wäre wichtiger. Wenn ihr was Anderes sagt werde ich meine Meinung verteidigen.“ „Ist ja auch so. Ist nicht so schlimm, nur können wir jetzt den Teufel nicht mehr besiegen. Bestimmt gibt es noch eine andere Möglichkeit.“, sagte Max ein bisschen enttäuscht. Als die Freunde zum Ende kamen, fragten die anderen Engel was los sei. Sie antworten mit der Geschichte des Geschehens. Dann wurden sie zum Leitengel geschickt. Dieser hatte einen langen Bart, ein Zeichen für hohes Alter und viel Erfahrung. Dieser sagte zu ihnen: „Ihr habt den Test doch bestanden.“ „Was? Aber ich habe mehr Kampf übernommen als Tom!“, sagte Flam. Der alte Engel antwortete: „Diese Regel wurde eingeführt, damit einer nicht zu sehr erschöpft wird und dann drauf geht. Dann müsste der andere alleine kämpfen. Aber ein Leben ist natürlich wichtiger.“ Alle freuten sich und Tom bedankte sich bei Flam weil er sein Leben gerettet hat. „Auf jede gute Tat, folgt eine Andere“, sagte Tom zu Flam, damit er sich aufmuntert. Danach erhielten sie den Orden der Teamkraft. Nun hatten sie alle Orden. „Was jetzt? Sagt nicht wir müssen noch ein paar Tests bestehen, sonst gibt es bald keinen Himmel mehr. Bis wir alle Tests bestehen ist der Teufel der Herrscher von allem und nichts.", sagte Flam. „Nein das müsst ihr nicht. Ihr solltet lieber wieder zurück in die Hölle. Ihr werdet erwartet", sagte der Leitengel. „War ja klar.", fügte Flam hinzu. So wurde wieder der gleiche Flugweg benutzt. Auf dem Rückweg empfahl Flam mal Spaß zu haben. Dies machten sie auch auf dem Rückweg zur Hölle, ein paar spaßige Dinge wie Loopings und mehrere Saltos. Am Ende war ein halber Sturzflug das Finale. Unten angekommen wurde normal gesprochen ohne ein Zeichen von Übelkeit oder Schwindel. „Das hat großen Fun gemacht. Fragt nicht was Fun bedeutet. Es bedeutet Spaß, falls ihr kein Englisch könnt.", sagte Flam. Max wusste, dass er an der Reihe war Flam zu ärgern: „Hey, Flam, was bedeutet eigentlich dieses Fun das du vorhin gesagt hast? Wie können Englisch, dass so nebenbei." Alle lachten ein wenig. „Lass das. Wer hat dir erlaubt Witze zu reißen wenn ich dafür beauftragt wurde. Ich führe eine neue Regel ein: Ab jetzt, habe ich einen Wunsch bei jedem frei, der Witze ohne Erlaubnis von mir, reißt.", sagte Flam. Alle lachten wieder. „Ich meine es ernst.", fuhr er fort. Sie lachten noch lauter. „Last uns essen. Ich sein, wie man auf Flämisch sagt, hungry.", sagte Max. „Jetzt kriege ich von dir ein ... ein Eis.", wollte Flam. Nach diesem Wille, aßen sie gemeinsam und ruhten sich danach aus.

Tipp, topp. „Was ist das. Hey Leute, steht mal auf. Hört. Da ist etwas oder sogar jemand.", bemerkte Max. Sie hörten genauer hin und bestätigten die Aussage von Max. Sie sahen im Trainingsraum nach und fanden ein Mädchen. Sie hatte rote, glatte Haare, schwarze Augen und war etwas kleiner als Flam, so in der Größe von Sarah. „Hallo. Ich bin Sina und bin auf der Suche nach den fast Eagles", sagte das Mädchen.
„Warum?", fragte Max aus reiner Vorsorge. „Ich bin auf der Suche nach ihnen, weil mir die Engel neulich sagten dass die fast Eagles die Auserwählten seien. Ich muss ihnen beitreten und ihnen helfen das Schwert der Sieger zu holen und so was.", antwortete sie. „Gut gesucht. Sie stehen vor dir", sagte Flam. „Aha (Lachender Ton). Ihr

habt also alle Tests bestanden. Könnte ich eurer Gruppe beitreten. Ich bin bestimmt sehr nützlich, das kann ich euch versprechen", versprach Sina. „Wir vertrauen dir ohne Versprechen. Jetzt wir zu siebt. Das ist ja wunderbar. Wenn wir weiter so machen dann sind wir die Stärksten des Universums, weil wir alle Andere Im Universum auf unserer Seite haben. Dann wird der Name fast Eagles überall verbreitet sein.", bewunderte Flam die Gruppe. Sie zeigten Sina erst alles und dann kam das geschäftliche. „Aus den Orden wird ein Schwert. Dieses Schwert heißt das Schwert der Sieger. Die Klinge des Schwertes besteht aus reinem Licht und der Griff ist dennoch so leicht, das macht das Schwert schnell und gut, um einen Kampf für sich zu entscheiden. Es ist das beste Schwert das es gibt. Mit diesem Schwert kann man den Teufel besiegen. Es wird einen von euch aus wählen, der zurzeit der Stärkste von euch ist. Darum werden die Orden gesammelt, aber alle zu erhalten hat bis jetzt keiner geschafft. Deswegen kamen sie bis jetzt immer wieder zu den Engeln zurück.", sagte Sina. Sie fuhr dann fort: „Aber als erstes stelle ich meinen Agonen vor." Sie holte ihren Agonenball heraus und zeigte ihn. „Der Agone mag spielen, kann fliegen und sie ist schnell. Außerdem heißt sie Zyla", gab Sina noch an Informationen. Zyla war mittelklein, hatte Flügel und alles in Hautfarbe und lila. Dann begann sie sich auf das Ritual vor zu bereiten.

„Orden der Stärke, des Wissen und der Teamkraft vereinigt euch zu einer Waffe die den Teufel besiegen kann. Das Schwert der Sieger wird von Ehrenvollen beschützt und getragen. Nun gewähre uns bitte deine Macht, um alles und jeden zu befreien, den der Teufel hat und haben wird. Lass uns ihn besiegen, mit der Stärke, dem Wissen und der Teamkraft der Auserwählten.", sagte Sina laut. Die Orden flogen aufeinander zu und es entstand ein Lichtblitz, knapp bevor sie sich trafen. Alle mussten wegsehen, um nicht geblendet zu werden. Als sie sich wieder umdrehten zeigte ein Schwert, das nicht auf dem dreckigen Boden lag, sondern flog und mit einer Goldklingespitze auf Max. „Du bist der Auserwählte“, sagte Sina. „Das bedeutet, du erhältst auch noch einen neuen Spezialagonen“, fuhr sie fort. Es brauchte keine 10 Sekunden und schon kam ein Spezialagone. „Hallo. Ich bin Zeiyncher, der Wächter des Schwertes der Sieger. Wenn es euch auserwählt hat dann bin ich euer Diener. Ich ein guter Schwertkämpfer und habe die Schwerter des Feuers und des Wassers“, sagte der Agone, der aussah wie sein Bruder. Auch die Agonenbälle verbesserten sich. „Cool. Ich meine: Das ist ja gut oder normal gesagt echt krass“, freute sich Max. Max sah sich die Klinge an und fragte den alten Weisen nach der Kampfstufe, weil nichts unter dem Griff stand. „Das Schwert hat die Kampfstufe . . . 5. Es hat die beste Klinge die es gibt, sein Gewicht ist niedrig um schnell zu sein, eine Doppelklinge um 2 Treffer auf einmal zu landen, die Klingen extrem scharf um starke Angriffe zu landen und die Griffform ist eingedrückt, damit das Schwert nicht verrutscht. Also das ist das beste Schwert das es nur geben kann“, antwortete der alte Weise. Dann erschien noch ein Agone. „Ich bin Livia und ich bin wegen Sarah hier“, sagte sie. Alle waren gespannt auf die nächste Situation. „Sarah ist die Auserwählte von Max. Sie ist ab jetzt meine Meisterin und sie erhält den Dolch der Liebe“, sagte Livia. Jetzt stellte sich heraus, wieso Max oft in der Nähe von Sarah war. Livia überreichte Sarah den Dolch. Der Dolch hatte ebenfalls die Kampfstufe 5. Aber im Gegensatz zum Schwert der Sieger war die Grundstärke einen Dolches nicht so hoch. „Ihr hättet sagen können, dass zwischen euch was läuft, auch nur wenn was dazwischen geht“, sagte Flam und sah Max und Sarah. „Was? Ist doch normal. Ich kann doch nicht einfach so „Ey, Flam.“, und dann so: „Was geht?“ „Ich liebe Sarah.“, sagen“, sagte Max verärgert. „Komischer Weise ist Zeiyncher mein Freund. Wie die Besitzer, so die Hüter“, sagte Livia. Weil sie so viele waren reisten sie weiter durch das Labyrinth. Nach einiger Zeit war das Labyrinth überhäuft von Bäumen die vollkommen grün waren. Sie wurden immer mehr, bis sie plötzlich an einem Ufer eines Sees endeten. „Toll. War alles umsonst. Hey Kapitän Superschlau, siehst du ein Boot oder ein Schiff. Ach nein, nur Bäume“, sagte Flam zu Max. „Das reicht doch. Falls ihr mal Haselnüsse probieren wollt, könnt ihr euch bedienen“, sagte Max als Gegenantwort. Er sagte, dass sie ein gutes Schiff bauen werden. Sie wurden von Max zu bestimmten Stellen geschickt. An jeder Stelle war eine andere Aufgabe. Bäume fällen, Äste abmachen, Holz hacken und zusammenbauen. Das war die Aufgabe fürs nächste. Wechselsytem im Kreis. Wenn einer eine andere Aufgabe machen wollte, wechselte er mit Jemandem der ebenfalls wechseln wollte. Am Abend mussten sie am Ufer übernachte, weil unter der Oberfläche, sofort 50 m tiefer Wasser war.

Am nächsten Vormittag waren sie fertig. „Es hat sich gelohnt. Max, kann ich den Namen geben, bitte? Dann wäre ich voller Stolz“, fragte Flam Max. „Ja, das darfst du“, antwortete Max. „Ja, ich nenne dich . . . schneller Falke. Du siehst so aus und bist anscheinend auch so schnell. Genau unser Typ.“, taufte Flam das Schiff. Sofort nach der Taufe des Schiffes wurde aufgebrochen und sie segelten los. Auf dem Schiff ging es keinem schlecht. Nach einiger Zeit trat Nebel auf, aber der alte Weise sagte dass dies hier normal sei. Der Nebel wurde immer dichter. Oben auf dem Mast saß Tom und hielt Ausschau nach Land oder anderem, er sah zwar etwas Schwarzes, aber es war auf jeden Fall kein Land. „Da ist ein riesengroßes schwarzes Ding das immer näher kommt, aber es sieht nicht nach Land aus.“, brüllte Tom den Mast herunter. „Dann ist es ein anderes Schiff. Seit vorsichtig es können Piraten sein oder Plünderer.“, sagte der alte Weise. „Oder Skelette“, schrie Tom da das andere Schiff nun näher war. Plötzlich schoss ein Haken mit einem Tau in das Holz der Reling. Da sah man das Schiff und die Skelete genau. „Macht sie platt.“, schrie Max und die fast Eagles verteidigten ihr Schiff sehr gut. „Jan. Deren Schiff ist aus Metall. Geh rüber und rede mit dem Kapitän und versuche ihn zu überzeugen, dass wir nicht Feinde sind“, befahl Max laut.

Die anderen hörten das und wollten ihm helfen da das sie Skelete auch gehört hatten. Sie liefen neben ihm her und wehrten Hiebe und Schläge ab. Jan wurde auf dem anderem Schiff, mit einem Angriff begrüßt, doch Sarah hatte ihn noch mit einer Wand aus Eis schützen können. Die Hand war jetzt im Eis. Doch ein Skelett sah dies und schubste Sarah vom Bug aus ins Wasser. „Mach weiter ich komm hier sehr gut klar.“, schrie Sarah zu Jan. Jan hatte vergessen das Sarah Wasser bändigen konnte. Ohne weiteres kam der Kapitän des gegnerischen Schiffes auf Jan zu. Jan wusste, dass dies der Anfang eines Kampfes war. Der Kapitän schlug zu, Jan wich aus und konterte sofort. „Ich bin der nachtschwarze Krieger. Und ihr seid auch Arbeiter des Teufels“, sagte der Kapitän und griff wieder an. Jan wich wieder aus und konterte mit dem entscheidenden Schlag. Es wurde leise. Die Rüstung des schwarzen Kriegers qualmte. Das war die Dunkelheit in der Rüstung, diese wurde weiß und alle Skelete wurden zu Menschen und hörten mit einem Befehl des Kapitäns auf. Ein Zeichen leuchtete schwarz an seinem Arm und dann verschwand es. „Entschuldige mein Verhalten, aber das Fluchmal des Teufels ist sehr stark. Wenn man nicht stark genug ist wird man dem Fluchmal unterzogen und man hat keine Chance ohne Hilfe daraus wieder befreit zu werden.“, sagte der ehemalige schwarze Ritter. Er fuhr fort: „Unter seinem Bann wurden die himmelsblauen Streifen zu Blutroten. Meine himmelsweiße Rüstung wurde zum bösen Schwarz. Bitte verzeiht mir. Ich bin der Wächter des Schwertes des Vertrauens. Es gibt 4 legendäre Schwerter. Das Schwert des Vertrauens, dessen bin ich der Wächter, des Mutes, der Wächter dieses Schwert ist Lavastor und das Schwert der Geduld, dessen Wächter Amazon ist. Der Anführer dieser 3 Schwerter ist das Schwert der Sieger, dessen Wächter Zeiyncher. Aber wie ich sehe, sind die Schwerter der Sieger in guten Händen. Ihr seid also der Auserwählte und das Mädchen da hinten besitzt den Dolch der Liebe. Da fehlt ja nicht mehr viel.“ „Und nach ihren Informationen zur urteilen, war das Zeichen auf dem Arm das Fluchmal.“, sagte Jan. Das Mal:

Jan erhielt vom weißen Krieger das Schwert des Vertrauens. „Das Schwert des Mutes ist irgendwo im Land des Feuers, nach meiner Infoquelle ziemlich nah am Ufer.“, sagte der weiße Krieger. So reisten die fast Eagles weiter. Es dauerte 3 Tage bis das Land des vergessenen Feuers von ihnen gefunden worden war. Als sie anlegten, blieb Max, der alte Weise und Jan auf dem Schiff, falls etwas ungeplantes passieren sollte. Tom, Sina, Sarah und Flam machten sich auf den Weg, der vielleicht bis zum Abend dauern könnte. „Da ist . . . Beugt euch.“, sagte Flam, als er einen Flammenagonen der doppelt so groß war, wie er selbst. Auf einmal, ohne Vorwarnung raste Flam aus der Ecke und lief auf das Monster zu. „Nein, Flam“, schrie Sina, aber Tom und Sarah hielten sie mit aller Kraft zurück. „Ich werde dich zermalmen“, sagte Lavastor, der Name den der weiße Krieger vor dem weggehen genannt hatte. Flam sah das von Jan vorher beschriebene Zeichen auf dem Arm von Lavastor. Dieser Kampf hatte Flam zu seinem Ass herausgefordert. „Ich werde das Schwert des Mutes mir holen“, schrie Flam. „Das wird nichts nützen“, sagte Lavastor und griff Flam an. Flam wich aus und fragte: „Wieso?“, „Die legendären Schwerter, abgesehen das Schwert der Sieger, muss mit dem Element des Besitzers harmonieren. Die Schwerter müssen also mit den Elementschwertern von Zeiyncher verschmelzen.", antwortete Lavastor während Lavastor mehrere Hammerhiebe auf Flam hageln ließ. „Sina, Sarah und Tom gehen zu Max und geben ihm diese wichtigen Informationen. Ich komme hier schon klar", schrie Flam in die Ecke währen er die Bombardierung abwehrte. „Nein, wir können dich nicht alleine zurück lassen.", sagte Sina. Lavastor sah sie und er lief auf sie zu. „Egal, schnell, er ist gleich bei euch.", sagte Flam. Als Lavastor zum Hieb ausholte, fing Sina an aufzustehen, um zu versuchen wegzulaufen. Lavastor schlug zu, traf aber nicht Sina, sondern Flam, der noch in letzter Sekunde dazwischen springen konnte. Sina wurde von Tom und Sarah gezogen.

Mit viel Trauer liefen sie weg. Als sie bei den anderen ankamen, begann ein Gespräch. „Wir haben eine gute und eine schlechte Nachricht. Zuerst die Gute.", sagte Sarah und gab die Informationen weiter die sie erhielten. Währenddessen weinte Sina in einer Ecke. „Und die schlechte Nachricht . . .", versucht Tom anzufangen, aber Sina unterbrach und führte den Satz selber fort: „Flam ist von diesem Lavastor umgebracht worden, um mein Leben zu retten." Jetzt sah jeder die Tränen in den Augen von Sina. Totenstille kehrte ein. Es war Abend und sie versuchten mit der großen Trauer zu schlafen. Sie schafften es, bis auf Sina die kein Auge zumachte. Mitten in der Nacht hörte sie ein leises Tock. Dann hörte sie noch eins, dann zwei. Es wurden immer mehr. Aber anscheinend hörte es, außer ihr, niemand. „Wenn da jemand ist dann sag es!", sagte sie laut, als sie draußen war aber anscheinend hörte es keiner. Dann hatte sie keine Lust mehr sich zu ärgern und sah an Deck nach. Es war dunkel und man konnte seine eigenen Hände vor den Augen kaum sehen. Doch plötzlich berührte eine Hand ihre Schulter. Sie wollte laut aufschreien, aber dann kam noch eine Hand und versperrte ihr den Mund. Dann löste sich die Hand an der Schulter und ein Feuer ging von der Hand aus. Die andere Hand löste sich auch und sie war sehr schwach. Dann schlug Sina mit dem Ellenbogen in den Bauch der Person und diese kippte um. Sie zündete eine Fackel an und sah was sie getan hatte.

6. *Kapitel*

Sina hatte etwas Furchtbares getan. „Steh auf. Steh auf!“, sagte sie. Als nichts geschah schleppte sie ihn in ihr Zimmer, auf ihr Bett, denn er war bestimmt verletzt. Sie machte sofort einen Tee. Der nächste Tag war fast jedem langweilig. Sie alle, außer Sina, waren voller Trauer und schliefen deshalb weiter. In der kommenden Nacht stand er endlich auf. „Geht es dir gut. Trink das.“, sagte Sina. „Danke Sina.“, sagte er. „Ich dachte du wärst tot. Erzähl bitte was passiert ist.“, bat sie. „Ok. Als ich erschlagen wurde, dachte ich das wäre mein Ende. Doch ich wurde wach und als ich wach war, war ich in einer Höhle. Lavastor hatte irgendeine Suppe oder einen Trank, egal, was, es war nichts Gutes.

Ich nutzte meine letzte Energie und stach Lavastor von hinten in den Rücken. Er war nicht tot, sondern nur sein Fluchmal verschwand und die Stelle die ich traf heilte von selber. Ich fing Lavastor, nahm das Schwert und machte mich auf den Weg hierher. Doch auf dem Weg wurde ich Ohnmächtig, ich konnte noch Crow rufen. Er trug mich zum Ufer, da wurde ich wieder wach, schickte Crow wieder in seinen Ball und humpelte zum Schiff. Ja, dann kamst du und hast mir eine übergehauen. Und ich glaube ich habe eine Wunde auf dem Rücken.“, erzählte Flam.

Flam hob sein zerrissenes T-Shirt vom Rücken. Sina sah nach und sah eine große tiefe Wunde, die tödlich sein sollte und min. 8 Monate zum Heilen brauchen würde. „Du musst dich ausruhen“, sagte sie und beschrieb die Wunde. „Sina“, sagte Flam. „Ja, bitte?“, fragte sie. Flam fuhr fort: „Ich habe das . . .“, stockte er. Das Licht erlosch, dann hielt er Sina am Kopf und küsste sie. „Ich liebe dich. Ich würde auch mein Leben opfern. Alles würde ich für dich tun.“ Flam machte die Kerze wieder an und sah das Sina weinte. „Weine nicht. Wenn du Schmerz oder Trauer spürst, fühle ich dasselbe“, sagte Flam und strich die Tränen mit seiner Hand sanft und langsam von ihrem Gesicht. „Danke, Flam. Ich muss dir auch etwas sagen. Als ich dich zum ersten Mal gesehen habe, war ich sofort verliebt in dich. Und das tue ich immer noch. Als ich dachte du seiest tot, nur um mich zu retten, da wollte ich zu dir laufen, doch die Anderen hielten mich davon ab, denn sie wussten nichts von meinen Gefühlen zu dir. Flam … Ich liebe dich auch vom ganzen Herzen.“, gab Sina zurück. Sie wartete dort auf dem Bett und keiner der Beiden sagte was. Doch Flam unterbrach die Stille, als er näher zu Sina kam. Sina rückte ebenfalls näher, bis beide Nasen sich berührten und sie sich tief in die Augen starrten. Dann küsste sie sich wieder diesmal etwas länger. „Wenn du willst kann ich dich in dein Zimmer tragen.“, sagte Sina als der Kuss vorbei war. „Nein. Ich möchte hier bei dir blieben. Das Bett ist groß genug, für zwei“, erwiderte Flam. Als sie am Abend im Bett lagen machte es sich Flam gemütlich, doch Sina lag am anderem Ende des Bettes, weil sie sich schämte. „Schäme dich nicht. Rück näher oder ich mach es.“, drohte Flam. Doch Sina kam trotzdem nicht. Dann drehte sich Flam zu Seite von Sina, zog sie mit der nicht verletzen Hand zu sich und umarmte sie. Sina fühlte sich sicher und der Körper von Flam war warm und gemütlich. Flam war voller Liebe. Sie umarmte ihn zurück und diesmal küsste Sina Flam und nicht umgekehrt. „Ich liebe dich. Sina … kann ich demnächst öfter bei dir schlafen?“, fragte er Sina leise. Flam antwortete ebenfalls in leisem und warmem Ton: „Wenn du willst, immer.“ Er pustete die Kerze aus uns sie schliefen Arm in Arm ein.

Am nächsten Morgen war zum Glück keiner im Zimmer von Sina gekommen um sie zu wecken, weil sie selber traurig waren. Flam schlief immer noch. Sie ziehte ihre normalen Klamotten an und ging in die Schiffsküche, um dort einen Tee für Flam zu machen. „Was machst du da?“, fragte plötzlich Sarah hinter Sina, die sie gar nicht bemerkt hatte. Sina versuchte so zu tun als wäre sie heiser:

„Ich bin ein bisschen krank. Ich werde paar Tage schlafen. Bitte sag den Anderen sie sollen sich nicht um mich kümmern. Ruhe ist wichtig für kranke Leute." „Wenn du meinst.", sagte Sarah und ging wieder. Sina ging leise zurück in ihr Zimmer zurück, wo Flam wach war und auf sie wartete. „Danke, dass du dich um mich kümmerst. Ich werde mich wohl ein paar Tage ausruhen müssen.", sagte Flam und Sina erzählte danach was in der Küche passiert ist. Dann legte sie sich zu Flam und redete mit ihm bis sie beide wieder einschliefen, dass um 15:00 Uhr. Als Sina aufwachte war die Decke durchschwitzt und ebenfalls Flam. Sina holte sofort ein neue Decken und Klamotten für sie und für Flam, danach erst ziehte sie sich um. Aber Flam war wie gelähmt und konnte sich nicht umziehen. Sina dachte nach, doch es fiel ihr zu ihn nun anzuziehen. Leider waren wirklich alle Klamotten von Flam vollgeschwitzt. „Darf ich auch deine ...?", fragte Sina. „Wenn du könntest, bitte", antwortete Flam gerötet. „Für dich würde ich alles tun", sagte Sina und schloss erst mal die Tür ab. Dann ging sie zu Flam und zog die Decke runter von ihm. Danach zog sie vorerst alle Klamotten von ihm. Flam lag vollkommen nackt in Sina Bett und schwitzte. Als erstes deckte sie Flam nochmals zu, denn es würde nichts nützen ihn anzuziehen, um nachher diese wieder auszuziehen „Sina... Könntest du bitte ... erst mal einen Dorn aus meinem Rücken ziehen." Sina ging auf Flam zu zog wieder die Decke runter, drehte ihn um und zog einen kleinen Splitter aus der Wunde, der kaum einen mm betrug. Nach zehn Sekunden konnte sich Flam wieder bewegen. Er stand auf und legte sich wieder hin, denn er war immer noch erschöpft und nackt. Beide zogen ihr Pyjamas an und schliefen Haut an Haut und gegenseitig umarmend, ohne Scham, denn sie vertrauten sich gegenseitig bis zum Äußersten und Flam musste nicht mehr schwitzen. „Danke Flam!", bedankte sich Sina. „Wofür? Ich muss mich bedanken. Du hast mir Essen und Trinken gegeben, mich umgezogen, mich nackt gesehen und bist immer bei mir geblieben. Sina ich bedanke mich hiermit vom ganzen Herzen.", erwiderte Flam und küsste Sina herzlich. Sina weinte wieder, aber diesmal aus Freude. Am nächsten Tag war Flam schon fit. „Was? Du bist jetzt schon so fit? Du solltest durch die Wunde 8 Monate heilen und durch das Gift weitere 4 Monate. Egal. Kannst du schon aufstehen, dann können wir den Anderen Bescheid geben. Aber Flam lass das zwischen uns bitte ein Geheimnis.", freute sich Sina, zugleich auch zurückhaltend. Flam konnte gehen, aber noch nicht kämpfen. „Wieso denn? Wir lieben uns und müssen uns dafür nicht schämen. Das einzig und allein die Wahrheit.", sagte Flam leicht wütend, fuhr dann aber liebevoll und cool fort: „Aber wenn du willst kann es so bleiben."

Alle waren an Deck und Sina stand vor dem Eingang zu den Kajüten und schrie, in die Menge in der jedes Gesicht immer noch deprimiert war und keinen Hauch von Freude oder Glück zeigen konnte: „Hey, Leute. Seht mal hier her. Ich habe etwas, das uns alle sehr aufmuntert." „Woher willst du das wissen. Vielleicht auch nicht, nachdem seit gestern Flam nicht mehr unter uns ist. Und wie kannst du auch noch so glücklich sein. Hingst du gar nicht an Flam. Das ist sehr schlecht. Du sollst einer der fast Eagles sein!", bemängelte Tom die Aussage, worauf Max Tom sehr böse anguckte.

Sina ignorierte die Aussage einfach, weil es genau umgekehrt war und sie Flam wirklich vom ganzen Herzen aus liebte. „Das wollen wir sehen. Meine Damen und Herren, hier seht ihr das wunderbarste was jetzt passieren kann. Wenn man hier bei nicht glücklich wird, dann gehört man nicht den fast Eagles an. Tada.", sagte Sina und öffnete die Tür des Eingangs zu den Kajüten. Alle waren geschockt. Sie umarmten leicht Flam reihenweise, der nur humpeln konnte. Flam erzählte die Geschichte bis zu dem Punkt, an dem er von Sina geschlagen wurde, weiter tat er so als ob er nur geschlafen hätte. Dann zeigte er Lavastor, den er aus dem Agonenball rief. Kaum war er draußen, schon hatte er etwas zu sagen: „Meister. Ich konnte mich noch nicht richtig bedanken. Danke, dass ihr mich vom Bann des Teufels befreit habt. Vergebt mir wegen der Wunde. Aber keine Sorge um den Wächter des Schwertes der Geduld. Der Teufel konnte nicht bis Atlantis vordringen, weil dieses tief im Wasser ist und es man nicht einfach so finden kann. Der Teufel verfluchte uns, um uns gegen euch zu hetzen und um die Informationen die wir haben nicht freigeben zu können. Jeder Wächter der Schwerter weiß über andere Dinge mehr als die Anderen. Z.B Ich wusste wie die wirklichen Schwerter entstehen, der weiße Krieger, heißt eigentlich Vyrus, weiß wo hin wir müssen und wie wir da hinkommen und Amazon weiß die Zaubervereinigungssprüche der Schwerter, zum verschmelzen der Schwerter was danach zu erledigen ist. Ich werde immer an ihrer Seite kämpfen, mein Gebieter", schoss direkt aus Lavastor heraus. „Klar vergebe ich dir. Aber du solltest lockerer sein. Das mit der Wunde war ja nicht deine Schuld. Der Teufel ist eben sehr stark. Und der Quatsch mit „Mein Gebieter" oder „Meister" kannst du direkt weglassen. Nenn mich Flam und bleib einfach locker.", gab Flam zur Kenntnis.

„Wir müssen nach Atlantis. Den Weg zeigt uns das Schwert des Wassers von Zeiyncher.", sagte Vyrus und nahm von Zeiyncher das Schwert des Wassers entgegen, welches Zeiyncher ihm hinlegte. Das Schwert des Wassers schwebte in der Luft und zeigte wie ein Kompass den Weg nach Atlantis. Er schwebte gleichmäßig und nicht hoch runter, hoch, runter, hoch, runter... Sie brauchten ca. einen ruhigen Tag dorthin. Auf dem Wege dorthin waren keine Probleme oder Gegner erschienen. Doch dann zeigte die Schwertspitze ins Wasser, was bedeutete das Atlantis unter ihnen war. „Es können nur 3 Leute runter. Am besten wären Zeiyncher, Max und Tom.", sagte der alte Weise. Sie waren damit einverstanden und machten sich sofort nach dem Anziehen der Ausrüstung, auf den Weg. Sie sprangen ins Wasser mit Sauerstoffgeräten im Mund. Nicht lange brauchten Sie, um die große wunderbare Stadt Atlantis zu entdecken. „Das ist ja krass. Ey, cool man kann sprechen. Anscheinend sind wir in einer Kuppel mit Sauerstoff, aber wieso fallen dann wir nicht?", fragte sich Tom. Schon passiert. Sie fielen unsanft auf den Boden aus ca. 10 m Höhe. „Max, erinnere mich demnächst daran, Tom nicht mitzunehmen. Ist doch egal was passiert. Hauptsache wir sind da.“, sagte Zeiyncher wütend. Tom fragte nach Auskunft um Amazon. Die Antwort der Menschen (die Menschen sahen wie gewöhnliche Menschen aus, nur das sie andere Klamotten tragen) in Atlantis war, dass Amazon im Tempel der Ruhe wartete, angeblich auf den Auserwählten der Geduld. Sie fragten auch nach dem Tempel der Ruhe. Nach den Informationen nach brauchten sie dem Weg nur zu folgen. Als sie am Tempel ankamen, traten sie sofort ein, ohne auch nur eine Minute zu verschnaufen, um Zeit zu sparen. „Tretet ein. Du bist der Auserwählte der Geduld“, sagte ein Agone der aus einem Schatten einer der Wand heraus trat und zeigte auf Tom. „Ich fühle mich geehrt. Was muss ich nun tun?“, fragte Tom. „Ich wurde nicht von dem Teufel verflucht. Aber trotzdem muss du einen Kampf gegen mich wagen und ihn gewinnen. Ein anständiger guter Kampf“, antwortete Amazon. Tom traute sich. Tom startete keinen Angriff, sondern wartete auf den Angriff von Amazon. Amazon führte den ersten Angriff, aber Tom schien das überhaupt nicht zu interessieren. Max sah weg, um nicht das Schlimmste seines Lebens sehen zu müssen. Als er wieder wagte hinzu sehen, war nichts passiert, außer das Amazon geschwächt war. Den nächsten Angriff ließ sich Max nicht entgehen. Tom wartete bis Amazon hautnah war, wich dann aus und bereitete das Ende von Amazon vor. Eine Minisekunde danach endete der Kampf, durch den „Schallschlag“ von Tom. Man sah nur eine Nanosekunde 3 lange Striche, die in verschiedenen Richtungen gingen und sehr stark leuchteten. Um das Ende von Amazon zu vermeiden, warf Tom einen Agonenball. Tom war nicht verletzt, deswegen haben sie sich wieder auf den Rückweg gemacht, nach dem sie ein Schwert nahmen, welches in einer Vitrine stand. Sie dachten es wäre das Vorgänger des Schwertes der Geduld.

Als Max, Zeiyncher und Tom zurück schwimmen wollten, schwamm auf dem Rückweg, ein Hai auf sie zu. Der Hai hatte es anscheinend eilig und griff den ihm am nächsten schwimmenden Tom an. Tom wollte Mal sehen, wie der Vorgänger des Schwertes der Geduld so war. So wartete er, bis der Hai sein Maul vor ihn öffnete. Sofort schlug Tom mit Schwertgriff von oben auf sein Maul. Das Maul schloss sich sofort und der Hai schwamm fort. „Du hattest Mitleid. Aber jetzt weiß ich wieso du der Führer des Schwertes der Geduld bist. Ich muss mir noch mal überlegen, ob du demnächst doch mit kommen sollst. Du musst wissen, ich habe so einige Connections bei den fast Eagles. Ich kann so einiges bewirken“, gab Zeiyncher ein Kompliment an Tom. „Hättest du wohl gern. Das sage ich den Anderen und sage sie sollen dir nicht zustimmen“, fuhr Max dazwischen. Als sie wieder auf dem schnellen Falken waren, rief Tom Amazon herbei. „Ihr habt den Test bestanden. Nun werden die wirkliche Schwerter hergeholt.“ Sie versammelten alle Erwählten und hatten alles vorbereitet.

„Schwerter der Elemente vereinigt euch und erschafft das Schwert des Mutes, das Schwert des Vertrauens und das Schwert der Geduld“, sagte Amazon. Die Schwerter der Elemente von Zeiyncher verschmolzen, zum Schwert der Geduld und das Schwert des Mutes. Das Schwert des Vertrauens entstand, indem das Schwert der Erde über Jan erschien und sich mit dem Vorgänger des Schwertes des Vertrauens vereinigte. „Was ist mit mir?“, fragte Zeiyncher „Du erhältst das Schwert der Ehre. Das erhältst du nur wenn alle legendären Schwerter da sind. Das Schwert der Ehre ist dein bestes und letztes Schwert.“, antwortete Vyrus. „Max du führst die Gruppe und das Schwert der Sieger. Du erhältst auch das Schild der Sieger“, sagte Amazon und über gab Max einen Schild und fuhr fort mit seinem Vortrag: „Da du nun das Schwert und Schild der Sieger besitzt, müssen wir nun in den Himmel um die Rüstung des Lichtes zu erhalten. Wenn du das schaffst, wirst zum General der Gerechtigkeit ernannt. Wenn eine normale Rüstung ein normales Auto ist, dann ist die Rüstung des Lichts ein Kampfjet mit dreifacher Schallgeschwindigkeit. Nur mal um die Kampfstärke dieser Rüstung zu verdeutlichen.“ Die Reise in den Himmel folgte nach nur einem Tag. Dorthin sind sie mit ihren Agonen geflogen. Sina näherte sich unauffällig Flam, um mit ihm zu reden. Sarah hatte das Gleiche bei Max getan. Bei ihren Freunden angekommen gab es für beide erst mal einen herzlichen Kuss. „Hai. Kann ich während des Fluges hier bleiben. Dann können wir zusammen reden. Flam du sagst immer Schatz zu mir. Da habe ich mir gedacht, dass ich dir auch einen Kosenamen geben sollte. Aber mir fiel kein passender Name ein. Könntest du mir helfen. Natürlich nur wenn du einverstanden bist“, fragte Sina. „Natürlich bin ich einverstanden. Aber mit dem Namen ist es wirklich schwer. Wenn du willst nenn ich dich nicht mehr Schatz?“, sagte Flam. Sina antwortete: „Doch, doch. Es gefällt mir sogar. Aber ich möchte diese Liebe auch zeigen, die du gegenüber mir zeigst. Es fühlt sich mies und gemein an. Ob ich dich ausnutzen würde, was ich nicht möchte“, sagte Sina etwas verschämt so etwas zu sagen. „Flamilein, nob. Schatz, nob. Honigkuchen, nob. Cooler Typ, vielleicht“, gab Flam an Möglichkeiten vor, wobei Sina lachte, was er auch geplant hatte. Er fuhr fort: „Du kannst mich so nennen wie du willst. Wenn es dir gefällt, gefällt es mir auch.“ Der lustige Flam war verflogen und der coole Flam war da. Dann flog Sina wieder weg und überlegte für den Rest des Weges ein passenden oder mehrere passenden Namen für Flam.

Im Himmel angekommen empfing der Leiterengel die fast Eagles. „Du willst also dem Weg des Lichts folgen und alle Agonen und Menschen befreien? Dann bist du hier genau richtig“, sagte der Leitengel, der sie empfang und ihnen den weiteren Weg begleitete. „Wieso sind die Menschen in der Hölle.“, fragte Flam mit besorgter Stimme. „Wenn er diese Welt erobert hat, macht er sich auf den Weg zur nächsten. Er will alles und jeden unter Kontrolle haben. Er würde danach sowieso irgendwann, nach den anderen Dimensionen zur Erde kommen und sie dann erobern wollen. Das hätte er dann geschafft, weil ihr dann zu schwach sein würdet. Deswegen habe wir den Teufel imitiert und ihn zu euch geschickt. Der echte Teufel wäre stärker gewesen.", antwortete der Leitengel und erklärte die Regeln der Prüfung des Lichtes. „Ihr müsst, jeder Einzelne, gegen Max kämpfen. Es ist alles erlaubt, außer absichtlich verlieren. Max du erhältst dafür die Macht zu teleportieren, an die Orte die du kennst. Also präge dir den Kampfort gut ein. Er ist der vom letzten Mal." Die Teams und wer zuerst kämpfen muss seht ihr hier:

1. Jan, Taimer, Storos und Vyrus
2. Tom, Klifon, Electro und Amazon
3. Sina und Zyla, der alte Weise
4. Flam und Crow
5. Sarah, Taja, Blumia und Livia

gegen Max, Drago, Falco und Zeiyncher.

1. Kampf
Sinas Team VS. Max Team
Sinas Psyangriffe waren im Prinzip nutzlos. Max war weg, schickte Drago auf sie, sie versuchte wieder Psiangriffe, Drago wich aus, Zeiyncher kam von hinten, Sina wich aus und Max sprang von vorn auf sie zu und beendete den Kampf.
1. Kampf gewonnen.

2. Kampf
Toms Team VS. Max Team
Tom hatte es anvisiert einer gegen einen, also Falco gegen Taimer ... Aber Max Agonen waren zu stark. Geduld hatte gar nichts genützt, denn Max kannte Tom gut und war zu schnell für Tom.
2. Kampf gewonnen.

3. Kampf
Der weise Mann VS. Max alleine
Durch schnelle Kombinationen von Max gewann er, mit nur wenigen Schlägen.
3. Kampf gewonnen

4. Kampf
Jans Team VS. Max Team
Max war schon erschöpft, aber durch viele Schläge und teleportieren hatte er es mit wenig Aufwand geschafft.
4. Kampf gewonnen.

5. Kampf
Flams Team VS. Max Team
Max setzte all die übrig gebliebene Kraft ein und gewann mit großer Mühe, aber anscheinend konnte Flam nicht alles geben, da er immer noch erschöpft war.
5. Kampf gewonnen.

6. Kampf
Sarahs Team VS. Max Team
Zeiyncher und Max hatten es schwer gegen die eigene Liebe zu kämpfen, aber schweren Herzens schlugen sie mehrmals schwach zu und gewannen. Letzter Kampf auch gewonnen und den Test bestanden.
„Du hast es geschafft. Du bist der wahrhafte General der Gerechtigkeit. Du erhältst nicht nur eine Rüstung, sondern auch noch das Schwert des Lichtes. Da vorher keine anderen vor dir hier waren, haben wir mit der Zeit noch ein Schwert gemacht. Es ist nicht so gut wie das Schwert der Sieger, aber es reicht. Im Gegensatz dazu hast du zu viele Schwerter. Gib uns den Rest. Dann hast du das Schwert der Sieger und des Lichtes“, sagte der älteste weise Engel. Max konnte auch neue Kombinationen.

Lichtschwert = Drachenzahn
Schwert der Sieger = Sternenschnitt
Beides = Wut des Phönix
„Junger Flam, ihr seid ebenfalls sehr stark. Werdet zum Schattenkrieger. In der Hölle wird das Tor der Dunkelheit geöffnet. Dort wirst du mit Max hineintreten und den Wächter der Dunkelheit besiegen. Dann werdet ihr die Schattenrüstung erhalten und ebenfalls sehr stark werden. Aber ihr erhaltet jetzt schon das Schild der Dunkelheit. Es saugt die Kraft des Fluchmals auf und teleportiert den befreiten Agonen in sein Heim. Der Teufel hat die meisten Heime schon zerstört, aber ihr müsst dies tun. General der Gerechtigkeit und zukünftiger Krieger des Schattens, bitte helft den Agonen. Früher war die Hölle ein Paradies der Agonen. Kein Streit und keine Kämpfe, bis der Teufel kam", berichtete der Leitengel Flam und Max ihre Aufgabe. „Verstanden", sagte Flam. Schon wieder wurden sie von den Engeln verabschiedet. Ein auf das Geschehen konzentrierter Flug fand statt. Keiner hatte etwas gesagt, weil jeder erschöpft war.
In der Hölle öffnete Sina das Tor der Dunkelheit, nach dem Flam und Max wieder top fit waren.
Wie von Flam erwartet erschien ein Wächter das dem Tor. Flam sollte kämpfen.
Im Kampf war es nach dem Aussehen, für Flam eher schlechter. Sogar der Flammenzahn nützte nichts. Flam hatte den Wächter einmal mit Crow heftig mit dem Flammenorkan getroffen, aber dies hatte nicht gereicht. Er versuchte sein Schild zu nutzen. Dann fand er eine Art Griff am oberen Ende des Schildes. Flam zog an dem Griff und sah dann ein wunderbares Schwert. Auf der Klinge stand „Drachenklinge". Es war besser als das Schwert des Mutes. Die Kampfstufe war 5. Flam sah sogar Platz für sein Schwert des Mutes. Das war sehr gut. Flam wusste das dieses Schwert ihm zum Sieg verhelfen würde. Nun musste er sich die Harmonie der Schwerter in diesem Kampf ansehen. Diese Schwerter harmonierten fast fehlerlos, denn sie hat-

ten dasselbe Gewicht und er konnte mit den Schwertern zweimal angreifen. Jetzt hatte er nur noch einen entscheidenden Schlag zu führen. Er hatte einen Plan. Ein neues Schwert hatte zu einer Verbesserung des Flammenzahns gebracht. „Drachenbiss", schrie Flam. Plötzlich verschwand Flam und man sah mehrere hell leuchtende Schwerthiebe und einen starken runter fallenden Schwertangriff, welches aussah wie ein Gebiss eines Drachen von innen. Fertig. Der Kampf war mit diesem Angriff vorbei. „Gut so", sagte Flam stolz auf sich. Er steckte seine Schwerter in sein Schild. „Echt nützlich", bemerkte Flam. Aber Lavastor hatte auch noch etwas zu sagen: „Du musst Crow freilassen. Der Wächter der Rüstung wird in dein Team kommen, aber wenn er sieht das du einen Agonen hast der nicht in der Überstufe ist, denkt er du bist es nicht Wert. Ich habe auch die Fähigkeiten von Crow. Ich bin sein Ersatz." Flam tat es ungern, lies aber Crow in sein Heim durch sein Schild teleportieren. „Tschüss, Crow", verabschiedete sich Flam, mit Tränen in seinen Augen. „Ebenfalls Tschüss. Du schaffst es mit Max, uns alle zu retten", sagte Crow zu seinem Abschied. Flam war geschockt. Er hatte gedacht Crow könnte nicht reden. Und auf einmal sagte er etwas. Flam war jetzt entschlossen, den Teufel zu besiegen. Für Crow.

Er betrat mit Max die Dunkelheit. Da fingen auf einmal Max Schild und Rüstung an zu leuchten. Die Freunde hörten plötzlich ein Geräusch und Max Licht ging aus. „Hier fängt anscheinend dein Kampf der Dunkelheit an." Flam sah nichts und geriet in Panik. Dann schloss er seine Augen und konzentrierte sich auf die Geräusche. Er wich Angriffen aus und konterte stark. Wie beim vorigen Kampf war der finale Schlag der Drachenbiss. Nach dem Kampf leuchteten Max Schild und Rüstung wieder und der Agone war sichtbar. Es war eine Riesenkobra, die so groß war wie Max. Die Kobra hieß Schattenschlange und gab Flam die Rüstung der Dunkelheit und das Schwert der Schatten. Schattenschlange war auch unter dem Fluch des Teufels. Das Schwert des Mutes und der Schatten vereinigte sich zum Phönixschwert. Es war so gut wie die Drachenklinge.

Sie harmonierten noch besser zusammen als die vorherigen Schwerter. Aus Drachenbiss wurde Phönixkralle. Die Phönixkralle ließ die 2 Schwerter wie Phönixkrallen 2 Mal auf den Gegner sausen und ließ danach einen Flammenorkan auf den Gegner wehen. Flam und Max haben von Schattenschlange eine neue Fähigkeit gezeigt bekommen. Sie konnten nun den Teleportschwertschlag. Sie konnten ihr Schwert und sich in ein schwarzes Loch begeben und kamen oder das Schwert kam aus einem anderem wieder heraus. Beispiele unten:

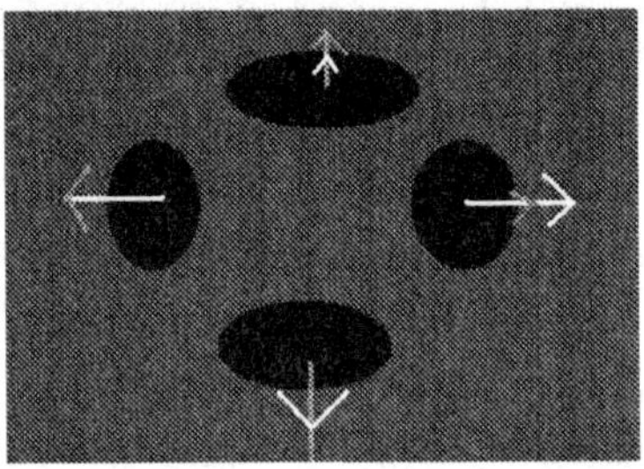

Am nächsten Tag erst fing Sarah an mit dem Dolch der Liebe zu trainieren. Flam und Max trainierten und versuchten einen Doppelgänger zu erstellen um mehrere Angriffe hinzukriegen und um den Gegner zu verwirren oder zu täuschen um nicht selber zu Schaden zu kommen. Tom und Jan schmiedeten etwas und Sina trainierte mit Sarah. Bis zum Abend war nichts los, aber dann gaben Tom und Jan vor, morgen etwas zu verkünden. Sie schliefen die Nacht, wegen Neugier, nicht so gut. Sie wurden dann jedoch früh geweckt und von Tom und Jan gerufen. „Wir haben euch gerufen um euch etwas mitzuteilen", fing Jan mit der Rede an und fuhr dann fort: „Wir haben sehr schlechte Nachrichten. Der alte Weise ist heute Morgen gestorben. Außerdem sind wir Engelsbrüder. Wir sind euch gefolgt um euch zu helfen. Ab hier endet unsere Hilfe. Wir fliegen wieder in den Himmel. Unsere Agonen sind frei und unsere Schwerter sind Armreifen geworden, die sich automatisch wenn ein Kampf beginnt zu einer perfekt passenden Rüstung ausbreitet. Einer ist für Sina und einer für Sarah. Max Rüstung wird auch zu einem Armreif mit dem gleichem Prinzip. Flams Schattenrüstung erscheint nur wenn er Agone ist. Ihr werdet alle Agonen, außer die besten Freunde und die speziellen Agonen, freilassen müssen.“ Ein Lichtblitz traf ein und die alten Freunde verschwanden. Jetzt waren sie nur noch zu 4. Sie beerdigten den alten Weisen und ließen die alten Agonen frei und beteten für den alten Weisen. Das jetzige Team:

1. Max, Falko und Zeiyncher
2. Flam, Lavastor und Schattenschlange
3. Sarah, Livia und Taja
4. Sina und Zyla

Der Armreif von Sina war schwarz und rot.
Der von Sarah war rosa und weiß.
Der von Max war Gold und Silber.
Aus Trauer wollten sie raus, doch als sie draußen waren, zog ein Hurrikan auf und fast Eagles wurden mit gerissen. Sie wurden ohnmächtig.

7. Kapitel

Sina wachte in einer Wüste auf und eilte zu den anderen und weckte sie. Als alle wach waren zeigte Sina einen Felsen mit Hieroglyphen. Sie übersetzte: „Hier steht: „Wollt ihr weg aus der Wüste der Qual, dann müsst ihr finden den Tempeltatschmahal. In der Nacht du wirst ihn nicht sehen und in der Sonne du ihn nicht können finden. Du musst sagen dein Geheimnis, sonst du nicht lösen mein Reimnis. Hast du dies getan, erscheint der Tempel ungetan." Mehr steht da nicht. Wen meinen die wohl . . . Flam Sarah weiß Bescheid. Max, ich bin mit Flam zusammen. Jetzt war es klar und es gab kein Geheimnis mehr." Da sagte Max dass er das schon von sich aus wusste. Ohne Verzögerung erschien der Tempel aus dem Boden. „Wer zuletzt oben ist, ist ein faules Ei!", schrie Sina und lief eine lange stark nach oben gehende Treppe hoch, die wie es aussah zur Sonne führte.

Oben verschnauften alle. „Das war zu einfach. Anscheinend ist hier auch eine Waffe die von ein oder zwei Wächtern bewacht wird, die ebenfalls vom Fluch des Teufels oder die Diener des Teufels sind", sagte Flam. Wie aufs Stichwort erschienen 2 Wächteragonen. „Wie versprochen", fügte Flam hinzu. Sie kämpften in 2 zweier Teams. Max mit Sarah und Flam mit Sina.

1. Kampf

Max und Sarah VS. Schwarzer Drache

Der Kampf war schwer zu begehen wenn einem die Sonne heftig bescheint, deswegen kam von Sarah direkt eine Tsunamirose und von Max ausgesandt der Drachenzahn durch ein schwarzes Loch.

2. Kampf

Sina und Flam VS Kopiergolem

Der Golem konnte das Aussehen des Gegners kopieren. Deswegen machten Sina und Flam aus, dass der kopierte nicht kämpft sondern außer Reichweite geht. Meist hat der Golem Flam kopiert, deswegen war das kein wirklicher Kampf für ihn.

Nach den Kämpfen hinterließen die Agonen eine Blitzkugel in der ein Bogen war. Flam versuchte es zuerst, bekam jedoch einen Stromschlag, genau wie Sarah und Max. Nur Sina konnte den Bogen ergreifen. Sie nahm ihn aus der Blitzkugel und sah, dass auf dem Bogen Drachenbogen stand.
„Cool ein Drachenbogen. Mein Vater hat mir früher davon erzählt. Es ist der Partner der Drachenklinge. Max und Sarah und Sina und Ich. Echt krass.“, erzählte Flam. Alles was einer Wüste ähnelte verschwamm plötzlich und in einer Nanosekunde waren sie wieder in ihrem schönen Unterschlupf. Jetzt war die Zeit dazu gekommen, sich mal zu entspannen. Der Unterschlupf von Jan war zu groß für 4 Personen. Also gruben die Jungen 2 Löcher in den Boden die sich in der diagonalen Ecke gegenüber befanden, während die Mädchen einen schönen Tisch machten damit sie nachher romantisch essen konnten. Nach dem die kleinen Gruben fertig waren, fügte Sarah Wasser hinzu und Max erhitzte die eine und Flam die andere Grube. Fertig waren die Quellen. Bevor das Entspannen anfing, aßen sie zu Abend. „Mädchen in die eine Ecke und Jungen in die andere. Und bitte, wenn ihr etwas sagen wollt, kommt nicht rüber“, sagte Sina. „Ja, Flam so was macht man nicht“, sagte Max und stupste Flam an den Arm. „Ich bin kein Spanner. Ach ja Max du musst mir jetzt . . . Ach egal, musst mir nichts geben. Aber ich merke mir das für das nächste Mal!“, sagte sich Flam. Sie versuchten, sich in der Quelle zu entspannen, aber richtig genießen konnte es nur Flam, da die anderen unter Zeitdruck litten. „Er hat sich für mich geopfert. Ich würde so gerne bei ihm schlafen. Schaffst du das mich da

hinzukriegen?", hörte man bei der Mädchenseite von Sina. „Wenn Flam davon weiß, ja. Aber ich muss es Max sagen, um einen Plan zu erstellen. Du wirst heute Nacht zu ihm gehen und ich zu Max. Bevor alle aufstehen gehen wir zurück in unsere Betten.", erklärte Sarah ihren Plan. Am Abend wurde es gemacht wie geplant. Flam und Sina und Sarah und Max waren zufrieden. Sie gingen zurück in ihre Bette und erzählten sich vorüber sie geredet haben. Dann gab es ein anderes Thema. „Ich dachte am Anfang, meine Uhr wäre stehen geblieben, aber ich merkte das anscheinend auf der Welt 1 Minute hier einem Tag entspricht. Das macht Sinn da wir uns in einer anderen Dimension befinden", erklärte Sarah. „Dann habe ich noch 3 Monate Zeit.", freute sich Max sehr, als die Mädchen ihm den Unterschied der Zeit, zwischen den Welten, erklärten. Sarah hatte ebenfalls Zeit, genau wie Sina. Da Flam die Erde nicht kannte und dort keine Verwandten hatte, konnte er so lange bleiben wie er mochte, aber nichts sprach dafür, zu lange in der Hölle zu bleiben. Aus Trauer dass er keine Familie mehr hatte, ging er an die frische Luft der Hölle. Keine 10 Minuten vergingen und ein kleiner Baby-Wolf rannte auf ihn zu. „Wie süß. Wo sind deine Eltern. Hast du sie auch durch den Teufel verloren. Dann komm zu mir als meine Agone. Ich hatte keinen Partneragonen, aber du wirst vielleicht der passende Partner sein.", freute sich Flam. Doch bevor Flam den Anderen Bescheid sagen konnte, fing der Kleine an zu heulen. Flam zeigte den kleinen Babywolf Sina und fragte welchen Grund es haben könnte, das der Kleine weint. Sina antwortete mit einem Wort und dieses war Hunger. Woher sollte Flam auf die Schnelle Milch herkriegen? Er hatte nun nur eine Möglichkeit. Er musste eine Agonenmutter finden, die ihm etwas Milch schenkt. Flam vertraute den Babywolf Sina an und sucht eine Agonenmutter. Er suchte seit einer Stunde und er wusste, dass Babys ohne zu essen nur 4 Stunden leben können. Er hatte viel Glück und sah eine Agonenmutter mit ihrem Baby. Da Flam selber ein Agone war konnte er mit den Agonen gut reden und fragte die Mutter: „Könntet ihr mir bitte etwas von eurer

Milch geben? Mir ist ein Babywolf zu gelaufen und ich möchte ihn ernähren. Bestimmt habt ihr schon von mir gehört. Ich bin Flam von den fast Eagles und der Schattenkrieger.“ „Junger Flam. Um Gottes Willen, natürlich erhaltet ihr Milch. Ihr wollt uns vor dem Teufel erretten. Es wird mir eine Ehre sein. Aber sagt den anderen fast Eagles schöne Grüße von Isabella. Ok?“, bejahte Isabella, die Agonenmutter. Flam erhielt Milch und brauchte eine Stunde für den Rückweg. Als er ankam sah er, dass alle um den kleinen Babywolf versammelt waren. Flam erinnerte sich an das was Max ihm erzählt hatte. So eine Situation war auch bei ihm abgelaufen. „Weg da. Ich habe hier Milch. Max, Sarah und Sina, ich sollte euch von Isabella, der chimärischen Agonin, viele Grüße ausrichten.“, gab Flam Bescheid und gab dabei dem Baby den Milchnuckel in den Mund, den er auch von Isabella geschenkt bekommen hatte. Er fuhr fort: „Wie fändet ihr es mit Wulf. Ein passender Name oder nicht. Er ist mein Partneragone. Ich mag ihn, obwohl ich ihn nicht lange kenne, sehr.“ Einen Tag dauerte es nur bis er sich weiterentwickelte. Er sah gut aus. Anscheinend war er älter als Zyla. Er ging zu Zyla und sagte ihr dass er sie liebte, er schämte sich zwar, so etwas ihr zu sagen, aber er hatte genug Mut um es ihr zu sagen. Zyla war geschmeichelt und gab die gleiche Antwort wie damals Sina zu Flam. Auch wie bei ihren 2 Besitzern gaben sie sich einen Kuss. Es wurde danach sehr trainiert. Wulf war schnell ein Freund von Taja, Falco und Zyla. Er musste am Anfang zu sehen wie die anderen kämpften. Danach sollte es einen Dopplekampf geben. Flam gegen Max und Wulf gegen Falco. Eigentlich war es unfair da Falco in der Überstufe ist und Wulf nur in der Sekundärstufe. „Es wird keine Schande sein, gegen mich zu verlieren. Wir beide beherrschen das Feuer, aber ich bin in der Überstufe. Keine Angst ich werde dich nicht verletzen.“, gab Falco an. Falco wollte es kurz machen, deswegen griff er direkt als ersten Schlag mit seiner glühende Faust an. Sina hatte jetzt schon Mitleid mit Wulf, denn Falcos glühender Faust konnte bis jetzt keiner ausweichen und diese Attacke war sehr stark. Falco kam

angeflogen und Wulf stand Bewegungslos da, leuchtete auf und war dann auch plötzlich in der Überstufe. Er sah jetzt echt cool aus, wie Sina beschrieb. Ein doppelter Schwanz, Flammen an der Hinterseite der Pfote und viele Flammen an Stellen mit den angegriffen wird. Es war eine Art Schock. In der letzten Sekunde vor dem knappen Treffer wich Wulf aus und schrie:
„Wolfsmeute." Wulf verdreifachte sich und alle Vorderklauen der 3 Wulfs brannten. Sie schlugen alle 2 Mal zu und dann verschwanden wieder die Falschen und man sah den echten Wulf. Er war aus der Puste. Falco jedoch war vollkommen K.O. Sarah warf den von Max geliehen Ball auf Falco. Wulf gewann. Wulf flüsterte Falco zu: „Du hast 80% einer Stärke gebraucht und du hast gewartet um meinen Angriff zu sehen, oder? Das bedeutet wir sind ungefähr gleich stark." Natürlich jubelte Sina los, denn sie wusste nichts von dem Gespräch. Flam sah rüber und freute sich ebenfalls. „Ich habe gesehen das Falco nicht alles gegeben hat um die Attacke von Wulf zu sehen. Ich glaube eher sie sind gleich stark.", sagte Flam. Flams Kampf war auch gut. Er war bisher 2 Drachenzähnen, 2 Sternenschnitten und 1 Wut des Phönix ausgewichen, hatte aber dafür einmal Wut des Phönix kassiert und überstanden. Er hatte noch keine Phönixkralle benutzt. Max war sehr erschöpft. Flam nutzte den Teleportschwertschlag, aber Max wich aus. Das war der Plan von Flam. Nun kam von oben aus einem schwarzem Loch Flam und benutzte diesmal die Phönixkralle. Max verlor ... nicht. Er hatte sich selber gerade noch selber in ein Loch gedrängt und beendete den Kampf von hinten. „Ich auch", antwortete Max in der gleichen Sekunde des Schlages, den aber Max nur schwach ausgeführt hatte, damit Flam nicht allzu viel Schaden erleidet.
Sie ruhten sich nach den Kämpfen aus. Am nächsten Morgen geriet Sarah in Panik, weil Max nicht in seinem Bett war. Flam suchte ihn im Trainingsraum. Es sah so aus als würde er mit Zeiyncher trainieren. „Das ist nicht Zeiyncher. Ich bin heute früh auf gewacht, als Zeiyncher aus seinem Ball kam um zu sagen dass irgendjemand

fremdes hier sei. Dann kam dieser Kopiergolem und kopierte Zeiyncher. Ich sagte Zeiyncher sollte sich in seinen Ball zurückziehen damit ich ihn nicht verwechsle. Mich konnte er nicht kopieren da meine Rüstung am Anfang des Kampfes erschien und mich schützte.", erklärte Max die Situation während er geschickt vielen Angriffen aus, die Flam auch so aus gewichen wäre, dachte Flam, was auch der Wahrheit entsprach. Er sagte auch, dass der Golem alles außer der Stimme kopiert und dass er sich nicht in einen von uns anderen verwandeln wird, weil Flam geschützt ist und die anderen nicht in Frage kämen. Dass war ein Nachteil für Max da Zeiyncher alle seine Kampfstratigien kannte. Max musste etwas Neues probieren. Vorher war der Angriff meistens nicht so stark, aber gezielt und traf fast immer. Nun musste er Augen zu und durch probieren und hoffen nicht falsch zu treffen, um keinen Konter zu erleiden. Er hatte schon geplant wann und wo er angreifen würde. Die neue Strategie war gut, weil Max gut zielen konnte. Ein großer Teil seiner Kraft wurde mehr genutzt, als sonst war. Er traf den Kopiergolem und beendete den Kampf. „Jetzt weiß ich wann und wie meine unterschiedlichen Strategien gut oder schlecht sind. Aber jeder von uns wird nur noch eine Spezialattacke haben, weil zu viel Energie die Rüstungen von innen nach außen nicht halten können", murmelte er nach dem finalem Schlag zu den Anderen rüber, weil er erschöpft war.
Die jetzigen Spezialangriffe:
Flam: Phönixkralle
Max: Wut des Phönixdrachen
Sarah: Wellenwurf
Sina: Psi- Schockwelle
Das waren die einzigen die sie nun beherrschten, da Max den Grund genannt hatte und sie diesen auch logisch und sinnvoll fanden.
Jetzt hatten sie es verdient sich in der Quelle zu entspannen, die sie sich gemacht hatten. „Flam, nach dieser Erfahrung hätte ich gerne noch einen Kampf morgen gegen dich. Falko, Taja, Zyla und Wulf kämpfen währenddessen ein kleines Turnier, wie wärs? Die Anderen

könnten solange das machen was sie wollen.“, forderte Max Flam zu einem erneutem Kampf auf. „Aber wenn ich morgen verliere wird das keine Schande. Ich bin ja deine rechte Hand. Also, du bist der General der Gerechtigkeit. Das ist ein Unterschied.“, bemerkte Flam, nach der Vermutung, morgen zu verlieren. Er fuhr fort: „Aber nicht nur du machst neue Erfahrungen. Ich bin der Schattenkrieger, deswegen trainiere ich auch hart. Ich kann nun einen Doppelgänger erstellen und meinen Schatten auch als 2. Flam benutzen. Also gleich stark. Eben nur in andere Rüstung.“ Sina musste sich da einmischen. „Da liegst du fast falsch. Also das der Schattenkrieger die rechte Hand des Generals der Gerechtigkeit sei, ist gelogen. Eigentlich sind die beiden Partner und sind auch gleich stark, eben nur sie haben andere Fähigkeiten. Das war nur dazu da um einander gegenüber Respekt zu entwickeln. Und was meint ihr mit Anderen. Sind wir so wertlos oder was?“ „Wusste ich es doch. Echt cool. Flam, wir sind Partner.“, freute sich Max sehr deutlich.
Flam wollte die Langeweile vertreiben: „Mir ist langweilig. Jeder erzählt jetzt mal einen Witz. Ich erlaube es euch. Ich fang an.
Es waren einmal 2 Irre, die“ Mensch- ärgere- dich- nicht“ spielten. Da sagte der eine plötzlich „Schach“ und der andere dann wütend: „Du Idiot! Bei Halma gibt es gar keine Elfmeter!“ Das war mein Witz“, sagte Flam. Alle lachten. Nun war Max an der Reihe. Der überlegte nicht lange und erzählte: „Reden 2 Irre im Bus. Sagt der Erste: „Peter welche Schuhgröße hast du eigentlich?“ Sagt dann der Zweite: „Viertel nach Fünf“ Der Erste darauf wieder: „Dann müssen wir ja hier aussteigen!“ Das war meiner“, sagte Max. Wieder brachen alle in ein Gelächter aus. Sarah war dran: „Ich sage 3 Kleine:
Nr.1
Geht ein Mann um die Ecke- . . . Kommt er wieder.
Nr.2
Treffen sich 2, kommt der eine nicht.
Nr. 3
Geht ein Mann um die Ecke. Was fehlt? Die Ecke.“

Nur wenig wird gelacht. Sina war bereit: „Gehen 2 Kartoffeln die Treppe hoch, sagte dann die eine: „Wir haben doch gar keine Beine!?“ Darauf die andere: „Ach ja.“ Dann gehen wir beide wieder runter.“ Alle lachten wieder laut.
Nach der Jeder-macht-einen-Witz-Runde kam die Was-willst-du-werden-Runde. Flam: „I will be a Schriftsteller.“
Max: „Ich werde hoffentlich ein guter Rechtsanwalt mit Doktortitel. Der für vollkommene Gerechtigkeit steht. Es gibt viele Rechtsanwälte, die aber nur das tun was aufgetragen wurde. Die wollen nur Geld.“ Sarah fing an: „Ja, aber dazu musst du erst mal kommen. Ohne Abi oder Ausbildung ist der Job tabu. Von nichts kommt nichts. Ich jedenfalls will eine Ärztin werden, die berühmt für ihre große Hilfe an Armen und Obdachlose ist.“ Sina versuchte noch Witze zu reißen: „Ich will werden Idiot. War nur ein Scherz. Flam hat es erlaubt. Ich will eine Bankkauffrau werden. Ich liebe das Cash und das Geräusch von der Kasse. Kaatschinng. Hahaha.“ Flam war es Leid: „Ich will raus hier. Wenn ich mal Kinder habe, werden die mich doch fragen was ich als Kind so getan habe. Ich kann doch nicht sagen: Ich war ein halbes Monster, das in der Hölle geboren wurde, in den Himmel kam und dann wieder in die Hölle geschickt wurde und dort gegen den Teufel kämpfen musste. Dann würden die nur eins sagen: „Echt cool, Daddy.““ Alle lachten wieder. Die Zeit verging wie im Flug bis plötzlich eine Art Würfel in der Mitte des Trainingsraumes, mit Krach, aus der Erde hervorstach. Die fast Eagles sahen sich den Würfel an und Sina las den Text darauf vor: „Dies ist ein Rätsel. Für den ersten Versuch habt ihr eine Minute Zeit. Beim nächsten Versuch die Hälfte davon und beim letzten Versuch ein Drittel so viel wie beim 2 Versuch.
Findet den Namen des Teufels durch diesen Satz heraus.
Nur Luser zeigen vahre Gefühle.“ Sie hatten bei dem erstem Versuch 60 Sekunden. Sie dachten nach. Flam sagte als Erster eine Möglichkeit: „Ich hab es. Er heißt in Wirklichkeit „falscher Luser“. Schon schoss ein Strahl aus dem Würfel, auf Flam zu, aber Flam

konnte sich retten. Den nächsten Versuch, mit 30 Sekunden, nutzte ebenfalls Flam: „Ahrel", und schon wieder schoss ein Strahl auf Flam, aber Sina schubste ihn aus der Schusslinie, wofür aber sie getroffen wurde. „Neinnnn. Sinaaa", schrie Flam.
„Wir können sie vielleicht nur retten, wenn wir das Rätsel lösen", bemerkte Max. Jetzt hatten sie nur noch 10 Sekunden. Die Zeit verlief schnell, doch in der letzten Sekunde konnte Sarah noch „Luziva" sagen. Es war die richtige Antwort. Sina war schnell zurück und Sarah erhielt einen Schild. Sie wurde von den anderen gefragt woher sie das wusste. Sie antwortete: „Es musste einen Grund haben wieso die Wörter nicht richtig geschrieben worden sind. Die Griechen nannten den Teufel Luziva. Zusammen sah ich das Ergebnis: Nur LUser ZeIgen VAhre Gefühle."
Das Schild von Sarah war rosa und meerblau. „Wieso stellt Luziva sich nicht? Stattdessen kommt immer einer mit dem Fluchmal oder so ein vollkommen bekloppter Diener.", fragte Flam. Max hatte einige Vermutungen: „Vermutung 1: Anscheinend hat er keine Zeit für uns, deswegen schickt er immer andere.
Vermutung 2: Er weiß dass wir diese behämmerten Dinge nicht einfach so tun würden, darum die Ausrüstungen. Dadurch sieht er unsere Fähigkeiten, aber er denkt er wäre immer noch stärker, trotz des Trainings und der Ausrüstungen.
Vermutung 3: Er hat einfach Schiss."
„Dann er ist dümmer als ich dachte.", meinte Flam. Der Tag war simple. Flam hat gegen Max gekämpft, während die anderen sich mögliche gute Kombination ausdachten. Der Kampf ging unentschieden aus. Sarah hatte geahnt, dass dieser so geendet hätte. Die Anderen sahen bis zum Ende nur zu. Sarah wollte nicht mehr zu sehen, deswegen ging sie in den Trainingsraum. Dort war niemand. Eine kleine Kugel rollte auf sie zu. Als Sarah das jedoch bemerkte, war es schon zu spät, denn die Kugel explodierte. Sarah flog zu Boden. Flam und Max hörten den lauten Knall und liefen zu ihr.

Sarah versuchte durch, den Rauch zu schauen. Da sah sie jedoch nur die nächsten Kugel angeflogen kommen Sarah wich aus und sie sah eine hässliche Frau die einen langen Trenchcoat mit langen Ärmeln anhatte. „Wer bist du?“, fragte Sarah die hässliche Frau. „Ich sein machtvolle Frau von Teufel. Hahaha!“, antwortete die Art einer Gammlerin. Sie fuhr fort: „Ich Barbara Luziva. Ich werde dich machen tot, für schöne Teufel Mann.“ Sarah bemerkte dass die kleinen Kugeln bei einer Berührung explodieren. Da werde ich mal das neue Schild ausprobieren, dachte Sarah. Sie wehrte viele Kugeln ab, aber das Problem war, das die Kugeln sehr klein waren. Sarah wollte es mit Nahkampf versuchen. Sie lief mit dem Schild voraus auf die Hässlichkeit zu. Aber ein paar Meter vor der Frau des Teufels kamen die Kugeln nicht von vorne, sondern von hinten. Sie wurde getroffen. Die grausame Frau kann das, was Schattenschlange Max und Flam bei gebracht. „Hahaha haha!“, lachte die alte Frau des Teufels laut und schrecklich. „Lange wird dein Gelächter nicht sein, da ich deine Gegnerin bin. Sag Luziva er soll seine hässliche Schnauze halten. Du wirst in diesem Kampf untergehen. Wir sind die fast Eagles und wir geben nicht so leicht auf. Wir haben keine Angst vor dir oder deinem Teufels-Mann. Er traut sich nicht mal hierher. Er ist ein Luser“, wiedersprach Sarah und zielte mit dem Dolch der Liebe auf den Kopf der alten Frau. „Wurf des Schmerzes!“, schrie Sarah. Sie warf den Dolch der Liebe perfekt gezielt. Die alte Frau warf die kleinen Kugel die sie noch hatte auf den Dolch. Es nützte nichts. Es war so als ob der Dolch nicht da wäre, aber dennoch da ist. Wie ein Geist. Die alte Frau versuchte zu fliehen. Doch der Dolch war schneller und traf sie. Der Dolch kam von selbst zurück geflogen zu Sarah. Der Dolch war auch nicht dreckig oder befleckt. Er war genau so wie vorher. Sarah war beeindruckt von sich selbst. Sie fiel sofort danach hin. Sina lief zu ihr, hörte ihren Pulsschlag und sagte: „Sie ist vergiftet worden. Das war dieser komische Rauch. Sie ist sehr stark vergiftet. Dieses Gift kann man nur mit der Triotro heilen. Das ist eine Pflanze aus dem Westen. Sie ist auf hohen Bergen zu finden. Max und Flam geht ihr sie holen, während ich die anderen Sachen vorbereite. Ihr habt 3 Stunden Zeit. Sonst sind wir nur noch drei. Ich gebe euch die Karte." Sina ab die Karte Flam und diese machten sich auf den Weg.

8. Kapitel

Sina sagte den Freunden auch, dass die Triotro 3 Blüten hat. Sie bräuchten davon nur Eine. Sie hat knallrote Blüten und sie ist wunderschön. Max und Flam begegneten vielen Agonen die fragten, was sie suchten. Als sie ein Dodros fragte was sie suchen antwortete Flam: „Wir suchen eine Triotro. Wissen sie, wo wir eine finden können. Unsere Freundin ist vergiftet worden." Der Dodros antwortete: „Dann seid ihr die fast Eagles. Dann ist dies erkrankte Sarah. Sie hat die Frau des Teufels besiegt. Deswegen sieht man wieder mehr Agonen. Sie hielt mehr als die Hälfte der Agonen gefangen. Die Triotro findet ihr auf diesen Berg dort hinten. Seid vorsichtig. Dort ist der Wächter des Vertrauens." Flam und Max bedanken sich bei der Dodros und begannen dem Weg zu folgen der zu dem gezeigtem Berg führte. Sie hatten den Berg schnell erreicht. Eine Stunde war seit ihrem Aufbruch vergangen. Sie mussten viel klettern, weil es keinen Pfad und keinen anderen Weg gab. Max und Flam kletterten auf den hohen Berg. Max ist fast hingefallen, aber Flam hat Max noch an seiner Hand festgehalten und ihn hochgezogen und da sind sie auf den hohen Berg angekommen. Dort sahen sie die Triotro- Pflanze. Sie wollten sie pflücken, doch der Berg bewegte sich. Man sah ein Gesicht und man merkte dass das kein Berg war sondern ein Steinriese. „Ihr müsst erst bestehen Test, bevor ihr nehmen können die Triotro", sagte der angebliche Berg. Max antwortete: „Wir wollen nicht kämpfen. Wir sind die fast Eagles. Das ist Flam der Schattenkrieger und ich bin Max der General der Gerechtigkeit. Wir wollen unserer Freundin helfen." Der Riese darauf: „Für gute Menschen geht Vertrauen vor Misstrauen. Ihr wahrhaftig die Auserwählten sein." Der Steinriese gab ihnen 3 Triotros. Sie hatten nur noch 1 Stunde und 10 min. Sie liefen und kletterten besonders schnell. Max vergaß dass er die Teleportation beherrschte. Es fiel ihm wieder ein und er teleportierte sich, was auch seit kurzem

Max beherrschte. Sina hatte schon die restlichen Zutaten zusammen gemischt. Sie fügte die Triotro hinzu. Sarah trank den Trank. Sie genoss ihn sehr, denn er schmeckte wirklich sehr gut und tat ihr nach kurzer Zeit auch sehr gut. „Sarah. Sarah. Geht es dir besser?“, fragte Sina um die Wirkung des Trankes zu erfragen. „Mir geht es besser. Danke Max, Flam und Sina.“, bedankte sich Sarah bei den Lebensrettern. „Sarah. Du bist nicht umsonst erkrankt. Als wir die Triotro gesucht haben, sahen wir viel mehr Agonen als früher. Diese hässliche Frau hatte viele Agonen gefangen, sagten die alten einheimischen Agonen die wir unterwegs getroffen haben.“, heiterte Max Sarah auf. Flam ging in den Trainingsraum, um sich einfach nur umzusehen. Er sah sich, doch dann spürte er Hiebe in den Bauch. Dann ins Gesicht. Aber sah keinen. Er dachte nach und erinnerte sich an den Kampf mit Schattenschlange, weil er ihn damals auch nicht gesehen hatte.

Jetzt wusste er, es handelte sich hier um einen unsichtbaren Gegner. Flam konzentrierte auf die Geräusche, wie er es bei Schattenschlange vorher getan hatte. Die Angriffe waren schwach, deswegen konnte Flam diese leicht abwehren und sofort kontern. Der Kampf ging schnell und lautlos. Dann ging er wieder zu den anderen. Er sah, dass Sarah in top Form war. Er erzählte von dem unsichtbaren Luser. „Der konnte gar nichts. Das war so einfach, dass ihr nicht einmal Geräusche gehört habt. Keine Spezialattacken.“

Die fast Eagles waren gewarnt vor ungeplanten Sachen. Es war zwar leicht, aber wenn es sich um einen starken Gegner gehandelt hätte, konnte das auch mal böse ausgehen.

Plötzlich gab es ein Erdbeben. Es kam von oben. Sie sahen nach. Als sie endlich oben waren, erstarrten alle. „Das ist ja ein monstermäßiger Drache. 3 Meter hoch, Flügelspannweite 2 Meter, Schwänze die an Klifon erinnern“, beschrieb Flam den riesengroßen Drachen. „Ich bin das Haustier des Teufels. Ihr habt seine Frau getötet. Er ist deprimiert und lässt seine Wut an mir aus.

Wenn ich euch aus dem Weg räume, wird er mich bestimmt belohnen. Sein Sohn wird euch sonst mit seinen eigenen Händen zermanschen, was aber passieren wird da ich euch schon vorher fertig mache.“, sagte der Drache, was sinnlos war und zeigte, dass der Drache nicht viel Grips im Hirn hatte. So fing ein komplizierter Kampf an. Der Drache war sehr stark. Die Freunde waren schnell erschöpft. Die Schuppen des Drachen haben es schwer gemacht den Drachen überhaupt zu verletzten. Als der Drache es beenden wollte, kamen Hundeartige Agone, mit fünf Schwänzen und mit einer Körperfarbe von einem tiefem rot, und schlugen die Schnauze des Drachen zu. Das Feuer, das er speien wollte, blieb in ihm. Er schadete so sich selbst. Sein Mund und sein Rachen waren verbrannt. „Wer ist das?“, fragte Sarah. Flam antwortete: „Das solltest du eigentlich wissen. Ich helfe dir auf die Sprünge. Das ist Klifon in der Überstufe.“ Sarah erhielt einen Schock. Der Drache konnte kein Feuer mehr spucken. Nun machten Sarah und Sina seine Flügel nutzlos während Flam und Max die Schuppen beseitigten, damit sie ihn endlich treffen konnten. Sie beendeten den Kampf mit allen Spezialattacken. Sie gewannen nur durch die Hilfe von Klifon.

„Danke Klifon. Ohne dich wäre das Ergebnis des Kampfes anders ausgegangen.“, sagte Sarah. „Ich war mal bei fast Eagles. Deswegen helfen sich fast Eagles. Ich war eben schnell.“, sagte Klifon. Sie nutzten die Drachenschuppen als Verbesserung der Rüstungen. Aus den Zähnen machten sie Pfeile für Sina. Die Pfeile waren mit dem Zauber belegt dass sie immer wieder in Sinas Köcher zurückteleportiert werden. Insgesamt waren es 50 Pfeile. Die Krallen wurden zu Pfeilspitzen von Sina geschliffen. Etwas Fleisch zu essen wurde ebenfalls gewonnen. Klifon verließ die Freunde früh, denn ohne ihn könnten sie nun auch wieder klar kommen, sagte Klifon und die Freunde erholten sich von dem schwierigen Tag. Flam übte auch einen neuen Spezialangriff für die Drachenklinge und für das Phönixschwert zusammen. Der Name war:

Zeitphönix

Flams Lieblingstier war ein Phönix, deswegen beinhalten die Angriffe meist das Wort Phönix.

Beim Zeitphönix wird die Zeit gestoppt und der Gegner von mehreren Schläge attackiert. Am Ende brennt das Schwert im Form eines Phönix. Das ist der letzte Schlag und dann läuft die Zeit weiter, wobei der Gegner gelähmt von den vorigen Angriffen ist. Zunächst wurde wieder hart trainiert um nicht auf Hilfe anderer angewiesen zu sein. 3 Tage waren mit Training gefüllt, um die fehlende Stärke, Flinkheit, Ausdauer und weiteres nachzuholen. Trotzdem waren sie nicht zufrieden mit ihrer jetzigen Stärke. „Wir sind immer noch zu schwach. Wir haben viel trainiert, aber zu viel ist nicht gut für die Seele. Lasst uns einen Tag Spaß haben und dann weitermachen", schlug Flam Max vor, womit dieser einverstanden war. Am nächsten Tag also entspannten sie sich, anstatt wie zuvor nur zu trainieren. Die Quellen waren zu so einer Sache perfekt geschaffen, die sie noch mal erwärmten. Natürlich wurde auch viel geredet, weil es sonst zu langweilig werden würde. Nach dem entspannenden Bad dachte Flam schon an Ideen für sein zukünftiges Buch, Sarah ließ Wasser zu einer Platte gefrieren, die ein Karo- Muster beinhaltete. Durch durchsichtiges Eis und undurchsichtbares Eis konnte man die verschiedenen Felder unterscheiden. Dazu ein paar Schachfiguren, in denen Erde für die Farbe Gold, steckte und das gleiche mit nur Eis für die Farbe Silber. Schon konnte sie mit Max Schach spielen. Flam hatte zugesehen wie Sarah Schach spielte und war von den Fehlern von Sarah zutiefst enttäuscht, deswegen spielte er mit Max, um zu zeigen „wie man richtig spielt". „Ich habe früher immer mit meinem Vater gespielt, bis er einmal etwas zu essen holen wollte und der Teufel ihn unter seinen Bann zog. Ich lebte ab 12 ohne Vater. Dann habt ihr ihn besiegt und er kam nach Hause. Er gab mir den Rat euch beizutreten und es dem Teufel zu zeigen. Danke, dass ihr das getan habt. Aber jetzt zur Hauptsache. Max du spielst seit langem, dennoch bist du noch sehr unerfahren und spielst absolut scheiße, doch ausreichend um Sarah zu besiegen, nach den Fehlern zu urteilen. Jetzt seht her und staunt", erzählte Flam die Tage mit seinem Vater. Flam spielte gut und schnell. Nach 3 Spielen die er gewann, begann er jeden Zug zu kommentieren damit die anderen seine Züge verstanden und was die Züge überhaupt bedeuteten, die sie spielten. Nach einer Stunde Schachnachhilfe hörte Flam damit auf und spielte sein letztes Spiel ernst gegen Max. Max verstand gut und deswegen dauerte das Spiel mehrere spannende Stunden. Es wurde wie ein Weltmeisterschaftsspiel gespielt. Doch am Ende übersah Max ein 1-zügiges Matt, Flam sah dies und nutzte es, was anscheinend so oder so durch eine andere Figur entschieden sein würde, erklärte Flam nach der Partie, beim Nachspielen. Flam gewann wieder, obwohl er Max viel gezeigt hatte. „Hat Spaß gemacht. Ich glaube Schach spielen wird mein Hobby. So kann ich auch besser Pläne schmieden oder verfolgen. Mein mathematisches Verständnis und mein Konzentrationsniveau steigen ebenfalls. Wir müssen das mindestens einmal in der Woche machen, damit wir beide besser werden. Es wird uns helfen und bestimmt Spaß machen", freute sich Max über sein neueingeplantes Hobby. Der Tag war dann auch schon vorbei. Als sie wieder ins Bett gingen, wurde geplant eine neue Strategie zu entwickeln, indem die Elemente kombiniert wurden um somit auch stärkere Treffer zu landen. Die Nacht war vollkommen still und ruhig. Alle schliefen gut und freuten sich über ihre wunderbaren (Flam träumte von Sina und umgekehrt. Max träumte von Sarah und umgekehrt) Träume. Keiner hatte etwas für den nächsten Morgen geplant. Um die Zeit zu nutzen empfahl Max: „Last uns den Sohn des Teufels suchen. Der Drache sagte ja, der wolle uns suchen und zermanschen, aber wenn wir ihn zuerst finden haben wir den Überraschungseffekt." „Falsch. Ich habe euch schon gefunden. Ich werde mich für meine Mutter und den Drachen rächen. Sie waren sehr wertvoll für mich, genauso für meinen Vater. Das waren die einzigen Dinge auf der Welt die wir liebten.", sagte eine Stimme. Max sagte direkt, leise und schnell zu den Anderen: „Verliert absichtlich. Dann bringt er uns zum Teufel, um uns ihm zu zeigen. Doch Flam und ich werden ihn schon vorher irgendwo im Hinterhalt, wahrscheinlich vor dem Eingang des Palastes des Teufels, welches Sina schon Mal beschrieben hat, umlegen, um uns davor ausruhen zu können. Dann sind wir im Heim des Teufels. Der Kampf wird bestimmt nicht einfach. Seit auf alles gefasst. Wir werden nicht besessen werden können, wenn unser Wille stark genug ist. Bevor wir in der Hölle, im Zug, waren hatte er noch nicht die Kraft da wir dann noch nicht in der Hölle waren." Die anderen ließen sich beim ersten Schlag fallen, wichen mit Sprüngen aus, damit es aussieht als wären sie hart getroffen worden. Nur Max und Flam taten so als seien sie erschöpft und kämpften um den letzten Atemzug. „Ihr seid zu schwach. Ich frage mich wie ihr mein Drachilein getötet habt!", sagte der Sohn des Teufels. Da fielen schon Max und Flam um. Es sah so aus als seien sie wirklich K.O. „Am besten ich bringe sie Vatilein. Der macht den Rest und ich kriege bestimmt eine gute Belohnung. Am besten die neue Spielstation 7, von denen alle reden. Dann zeige ich allen anderen bösen Agonen, wie gemein ich bin und damit angebe. Ich werde somit in Angeberei eine 1+ bekommen und die anderen Agonen werden auf die Spielstation und auf meine Angeberei eifersüchtig sein. James Afore, jetzt sehen wir wer gemeiner ist. Du oder ich Dragonir Luzifa. Das wird cool", träumte der Sohn des Teufels, während Max den anderen zublinzelte. Sie waren alle OK und nicht verletzt. „Es hat funktioniert. Schlaft alle. Das wirkt origineller und ihr ruht euch gleichzeitig etwas aus", sagte Flam als sie in einem Art Netz lagen und gezogen wurden, was Dragonir vorher auf die fast Eagles geworfen hatte, um alle ziehen zu können. Sie schliefen alle ein. Als Max aufwachte, weckte er sofort Flam auf, um den Sohn zu eleminieren. Sie hatten den Überraschungseffekt für sich und waren mit einer Spezialattacke des Jeweiligen fertig. Danach weckten sie den Rest der fast Eagles. „Was ist los?“, fragte Sina als sie geweckt wurde. „Wir haben den Sohn des Teufels beseitigt. Er war nicht stark und wir haben gar keinen Schaden eingenommen. Er war viel einfacher als sein Drache. Ein Idiot. Das ist jetzt nicht wichtig. Wir haben uns schon erholt, aber wir sollten uns weiter bis morgen aufs Ohr legen. Das macht es morgen einfacher.“, erklärte Flam. Es war sowieso Abend, deswegen schliefen sie einfach bis zum nächsten Morgen.

Letztes Kapitel

Zum Morgengrauen waren schon alle wach, um es schneller hinter sich zu bringen und endlich wieder wohlhabend nach Hause zu kommen. Sie trafen letzte Vorbereitungen und gingen dann in das Riesenschloss des Teufels. Sie gingen in das Schloss, durch ein großes Tor, welches den Eingang darstellte und aus reinem Gold bestand. Die Decke war sehr hoch und anscheinend war es der Flur der zum einzigen Zimmer führte, das am Ende des Ganges lag. „Dort hinten ist bestimmt der Raum in dem der Teufel auf uns wartet. Das Schloss ist groß, weil die Decken so hoch stehen. Also wenn jemand verletzt wird, dann nimmt Sina ihn sofort und bringt ihn hierher. Somit können wir den Tod vermeiden. Außerdem wird in 2er Teams gekämpft. Flam und ich und Sarah und Sina. Wenn also einer weg geht, wegen Verletzungen, dann geht Sina mit und es bleibt eine einzelne Gruppe die Kämpft, während der Andere oder die Andere geheilt wird.“, legte Max die Regeln fest.

Der große und entscheidende Kampf stand bevor. Sie hatten so viel trainiert gekämpft und viele Gegenstände und Freunde erworben um hier zu stehen. Das Ende des Grauens sollte sich nähern. Wenn sie es schafften, würde die Hölle nicht mehr die Hölle sein. Die Agonen wären frei, genau wie die Engel. Sie wären Helden geworden, nur wenn sie den Teufel besiegen würden. Aber nur wenn. Das waren Träume die vielleicht nach dem Kampf gar nicht verwirklicht würden.

Flam dachte dann viel nach. Über das was nun nach dem Kampf passieren könnte. Werde ich zu den Anderen ziehen oder muss ich immer noch kämpfen. Werde ich respektiert oder gedemütigt. Werde ich meiner Mutter und meinem Vater ein Grab suchen müssen oder müsste ich eins für mich suchen, fragte Flam. Die Antworten würde er nach dem Kampf erhalten, aber bis dahin war es noch viele Schritte hin.

Es war eher ein weiteres Tor als eine Tür zum Raum des entscheidenden Kampfes. Dort würde sich das Schicksal entscheiden, wie das Leben der Helden weitergehen sollte.

Sie gingen langsam und nervös auf das Tor zu. Ihr Herz klopfte laut, so dass die Anderen es hörten. Sie öffneten das Tor, traten ein und das Tor schloss sich hinter den Freunden. Es waren viele Gänge zu sehen, die anscheinend zu vielen anderen Räumen führten. Doch was man noch sah war ein großer Thron, der sich in der Mitte der Halle befand. Darauf saß der Teufel, der lachend auf die fast Eagles herabblickte. „das hat aber lange gedauert. Endlich würdige Gegner, die auch noch nach dem Kampf noch mehr Stärke einbringen werden“, sagte der Teufel ruhig. „Du wirst hier untergehen, nicht wir. Ich werde mich für meine Eltern und alle anderen Agonen und Menschen rächen.“, schrie Flam auf den Teufel. Dieser blieb immer noch ruhig und antwortete: „Wer hat gesagt das ich nur die Hölle und die Erde unter der Kontrolle haben möchte. Es gibt 3 andere Dimensionen. Insgesamt 5. Die Erde, wo die Menschen leben. Der Himmel und die Hölle, wo die Engel und die Agonen leben. Die Korogonenwelt, wo die Korogonen leben die eigentlich auch Agonen sind, nur in einer anderen Dimension leben. Die Kämpferwelt, wo die Stärksten leben. Sind eh nur noch ein paar hundert, die leben und gegen die Orks und die Goblins kämpfen. Alles meine Wenigkeit die das zustande gebracht hat. Und die Welt Gottes, wo Gott und seine Tochter Zelezia leben. Aber bald wird alles mir gehören“, erzählte der Teufel mit einem langen grausamen Lachen am Ende. „Das wollen wir noch sehen“, sagte Max. „Ach ja, in den anderen Welten herrschen meine Brüder, die ich bald auch vernichten werde. Wir waren eigentlich Menschen, aber bald kam ich nach hier und wurde der Teufel, sie wiedersetzten sich und ich machte sie auch zu Teufeln, außer in der Gotteswelt hat der Fünfte versagt.“, fügte der Teufel hinzu. „Du Monster!“, schrien Max und Flam gleichzeitig und griffen den Teufel an, der sich teleportierte und sofort auf beide konterte. Max und Flam lagen am Boden, als dann Sarah von der Seite und Sina von oben den Teufel attackierten. Dieser teleportierte sich wieder, was den Freunden klar machte, das der Teufel keine Beschränkung fürs teleportieren hat. Als der Teufel hinter Sina war griff sofort Flam ein kickte diesen zur Seite, wobei der Teufel etwas gelähmt wurde. Max und Flam schlugen sofort mehrere hundert mal drauf, bis der Teufel sich grade teleportieren wollte, kam die stärkste Attacke des Teams mit allen Mitgliedern der fast Eagles. „Das Ende", schrien alle gemeinsam und ihre Agonen waren aus den Agonenbällen gekommen und griffen erst mehr Mals an und dann setzte jeder seine beste Fähigkeit ein. Der Teufel war plötzlich weg. Man hörte ihn was sagen. „Wir sehen uns wieder, nachdem ich die Welt der Korogonen und mein Bruder in der Macht habe." Dann erschienen Menschen und Agonen die sich bedankten. Dabei waren auch Tom, Jan, nur Flams Vater nicht. „Deinen Vater hat der Teufel immer noch. Anscheinend will er dass ihr wieder kommt damit er euch wieder in einem Kampf verwickelt. Davor aber wird er sehr trainieren.", sagte Flams Mutter weinend, nachdem sie ihn umarmt hatte. „Wir werden erst mal in die Menschenwelt ziehen und dort leben. Nach ein bisschen Erholung werden wir meinen Vater zurück holen. Nur wenn ihr einverstanden seid, natürlich", sagte Flam darauf. Alle Menschen gingen zu ihrer Familie, die dachten sie wären entführt worden. Die Agonen entschieden selber, ob sie kamen oder nicht.

Als in der Menschenwelt mit so vielen Agonen waren, kamen auch viele andere Agonen der Hölle mit, mit der Entscheidung einen guten Freund zu finden, mit ihm zu trainieren und ein besseres Leben zu führen. Viele waren einfach wild und konnten gefangen werden oder freigelassen werden. Viele Menschen hatten Agonenbälle erhalten, die der Eigenschaft des Trainers entsprachen. Ihre Agonen waren ihre besten Freunde und kämpften gegen Andere und trainierten zusammen. Feuer, Blitz, Psi, Wasser, Wind (Luft), Erde oder

Pflanze. Einer dieser Elemente hatte man und konnte darauf aufbauen. Wenn man ein anderes Element besser findet und darauf baut, wird es nicht so stark wie die Leute mit dem Element und ist 2/3 so gut wie das Element des Jeweiligen. Die fast Eagles waren immer noch die Stärksten. Max war mit Sarah zusammen und Flam mit Sina. Tom und Jan waren im Himmel geblieben, doch sahen glücklich von den Engeln herab wie ihre Freunde ebenfalls glücklich waren. So war die Welt gerettet und geschützt.

Zurzeit . . .